In den Jahren zwischen 1930 und 1950 war er ein vielgelesener Erzähler, dessen Werke in zahlreichen Einzel- und Sammelausgaben hohe Auflagen erreichten, heute gehört Martin Luserke zu den Vergessenen.

Schauplatz aller Geschichten sind die Watten der Nordsee, die der ersten beiden zudem ganz deutlich der ostfriesischen Küste vor gut zweihundertfünfzig bzw. dreihundertfünfzig Jahren: Greetsiel, Juist und die Westinsel (Borkum) werden genannt.

In der Titelerzählung sind dabei historisierende Elemente mit Motiven aus der angelsächsischen (teils keltischen) Beowulfsage zu einer neuen Fabel verwoben.

»Der kleine Schühß« ist die Geschichte eines versponnenen Außenseiters, der in einer Ausnahmesituation dennoch zu tatkräftigem Handeln findet.

»Das Dorf der Toten«, mehr Seemannsgarn als Spukgeschichte, und die »Fahrt nach Letztesand«, ein Bericht von der Ausfahrt des streitbaren Domine Josiah Bolt wider den Teufel, gehören thematisch zusammen.

»Der Wolf auf Spoeksand« schließlich, eine poetische Fabel voller Naturmystik, ist die Geschichte eines Mannes, der zum Werwolf wird.

Man mag lange disputieren, ob diese Geschichten nun phantastisch, magisch oder auch ganz einfach unheimlich zu nennen seien, aber eigentlich passen alle drei Adjektive gleichermaßen. Der Untertitel »phantastisch« wurde gewählt, weil Martin Luserke aus heutiger Sicht geradezu als ein Ahnherr der Fantasy-Literatur in Anspruch genommen werden kann, die bei uns seit Jahren mit ihren angloamerikanischen Exponenten zahlreiche Leser findet.

So kann diese Neuausgabe durchaus auch als »Nordsee-Fantasy-Literatur« gesehen werden, vor allem aber wird sie für den Freund der Nordseeinseln und der Wattenküste und für den Liebhaber norddeutscher Regionalliteratur eine interessante (Wieder-)entdeckung sein.

Martin Luserke

Das Wrack des Raubschiffs

Phantastische Geschichten von der Wattenküste

SCHUSTER

INHALT

DER KLEINE SCHÜHSS

Der kleine Schühß war ein Junge aus einem Fischerhafen an der Marschenküste unserer Nordsee. Zwischen den tiefen Strommündungen zieht sich dort meilenlang die Wattenküste hin. Bei Ebbe ist sie ein richtiges Land, das man auf der Karte zeichnen könnte, nur daß es dann ein viel dichteres Netz großer und verzweigter Flüsse hätte als das Binnenland. Das Feste besteht aus graublankem Schlick und weiter draußen aus weißem Sand. Aber die Wasser in den Flüssen kehren sich alle sechs Stunden um. Dann wachsen die blanken Spiegel in die Breite und verwandeln schließlich das Landkartenland in eine einzige Meeresfläche. Zwei Stunden später beginnt das Wasser schon wieder abzulaufen. Die Flußläufe heißen Tiefs. Wo sie bis an die grünen Weideflächen der beständigen Küste herankommen, fressen sie sich in Schlangenwindungen in den tiefen Schlick hinein. Tatsächlich wird an diesen Stellen das Marschland durch Siele entwässert, deren Tore wiederum das Eindringen der Flut verhindern. An diesen Tiefs sind kleine Fischerhäfen entstanden.

In den alten Seeräuberzeiten waren die gewundenen Rinnen im Watt, die nur der Ortskundige befahren konnte, prachtvolle Schlupfwinkel. Der Verfolger lief sich todsicher fest, und wer an der Schlickküste landen wollte, versackte in grundlosem Brei. Eine halbe Meile ins grüne Land hinein aber konnte der Kundige stundenlang immer noch die Strömung nutzen. Der Flutstrom schob die Fahrzeuge bis in Deckung hinter die künstlichen grünen Hügel und die ersten Baumgruppen; der Ebbstrom zog sie wieder hinaus. In dem Hafenort, in dem der kleine Schühß aufwuchs, hatten die Grafen des Landes hinter dem Siel eine Burg erbaut, um den Verkehr auf dem großen Strom, der sich weiter im Westen tief ins Binnenland hineinzog, von dieser Ausfallpforte her decken zu können.

So war also die Welt des kleinen Schühß: ein Dutzend kleiner Häuser, auf dem verbreiterten Deich am Siel neben dem schmalen Wasserloch des Tiefs aufgereiht, dahinter enge Gärten und dann das Marschland, von Gräben durchzogen, das war der Fischerort. Die großen Dächer der Burg, der Kirche und einiger Höfe schauten über zerzauste und vom Wind abgekämmte Baumkronen beinahe schon fremd als Erscheinungen des mächtigen Binnenlandes herüber. Nach draußen zu streckte sich der Seedeich im Bogen nach Nordwesten. Dann kam die Einsamkeit des grünen Vorlandes, der Schlickwüsten und des Watts. Aber am fernsten Horizont hob sich noch einmal das Land. Weit hinaus gegen die offene Nordsee lagen sie auf der Wasserfläche, ganz niedrige, weiße Striche, wie eine schimmernde Grenze: zwei große Düneninseln. Für die Leute im Hafen lagen sie schon jenseits der Welt in der Fremde des Meeres. Viele der Fischer im Ort waren in jüngeren Jahren mit den großen Schiffen aus den Stromhäfen in ferne Länder gefahren, und in den Häusern hinter dem Deich war für einen abenteuerlichen Jungen manch seltsames Schaustück zu sehen. Wer sich unauffällig heranzumachen verstand, wenn die Alten einmal ins Erzählen kamen, der hörte genug aufregende Berichte von fernen Küsten und deren wilde Zustände. Die weißen Striche der Düneninseln aber, die sie hier täglich am Horizont sahen, waren den Hafenfischern fremder und gleichgültiger als Grönland. Einmal, im Herbst jedes Jahres, segelten alle Fischer mit dem Burgamtmann hinüber, um auf den Inseln wilde Pferde zu fangen. In der milden Seewitterung nämlich, die dort draußen schon herrschte, konnten die Tiere sommers und winters frei herumlaufen.

Der kleine Schühß aber war darin anders als die übrigen Kinder; für ihn waren gerade die Inseln ein lockendes Geheimnis. Er war zwischen zwölf und vierzehn Jahre alt, aber eben überhaupt kein richtiger Hafenjunge. Vor über zweihundert-

fünfzig Jahren, als unsere Geschichte sich zutrug, hielt man es für ausreichend, das Alter eines Menschen nur ungefähr anzugeben, wenn niemand seine Geburt miterlebt hatte. Der kleine Schühß war nämlich auf der größeren Westinsel draußen vor zehn Jahren als einziges lebendes Wesen beim Schiffbruch eines ausländischen Fahrzeugs gerettet worden, und so hatte er auch als einziger im Fischerhafen zu den Inseln eine besondere Beziehung, auch wenn dies nur unklare Träume in seinem Kinderkopf sein mochten. Denn nach Meinung der anderen Leute im Hafen gab es schon seit langem nichts Merkwürdiges mehr. Auf der Insel war damals keine Frau gewesen, die das Kind hätte säugen können. So hatte es der Tjalkführer Heie, der große Mann der Westinsel, der mit seiner dickbäuchigen »Goodewind« die Wattenküste entlang Handelsfahrten machte, kurz entschlossen nach seinem nächsten Anlegeplatz mitgenommen. Hier im Ort hatte er den Säugling, nicht ohne daß es Zank um das Recht gegeben hätte, der Frau eines armen Fahrensschiffers angehängt, die schon ein Kind an der Brust hatte. Ihr Mann war, wie viele damals im Sommer, auf dem Walfang draußen. Wie sollte sich ein armes Weib da gegen die Männer helfen, besonders wo das Würmchen von Kind wahrscheinlich doch zugrunde gehen würde?

Der kleine Schühß hatte sich aber erholt, und als der Mann im Herbst zurückkam und die Bescherung vorfand, hatte die Frau an den hübschen Kleinen mit den fremdländischen braunen Augen schon so viel Sorgfalt verschwendet, daß sie ihn durchaus behalten wollte. Dagegen konnte kein Mann etwas machen, dem nach vier harten Monaten auf dem Fangschiff der Sinn nach Behaglichkeit und guter Laune der Frau stand. So wuchs das Kind auf. Der verrückte Name Schühß kam vielleicht von dem fremden Namen des Schiffes her, von dem das Kind gerettet war, vielleicht aber auch bloß daher, daß der kleine Junge, als er älter wurde, sich in eigentümlicher Art verträumt und schusselig zeigte. Er war eben ein Ausländer! Solche Schiffbruch-Kinder gab es nicht allzu selten an diesen Küsten. Namen waren dann eines Tages da und blieben an dem Menschen haften, und vielleicht war das richtiger, als jedem Kind schon im Weidenkorb große Bezeichnungen anzuhängen, ohne Gewähr dafür, ob sie später paßten oder nicht.

Nach sechs Jahren starben dem Walfischfänger bei einem schlimmen Marschenfieber, das im Fischerhafen und auf der Burg hauste, plötzlich Frau und Kind. Als er selbst dann später auf einer Fahrt auch noch das Bein brach und sich nun in seiner Hütte als Krüppel mühselig mit Netzestricken durchbringen mußte, war es gut, daß er wenigstens noch den kleinen Schühß hatte. Der alternde Mann war durch sein Elend scheu und wortkarg geworden, und den Jungen nahmen sie im Hafen nicht für ganz voll. So paßten sie gut zueinander und führten einen seltsamen, aber tief einträchtigen Haushalt für sich ganz allein in der Hütte. Die Frauensleute in der Nachbarschaft entrüsteten sich zwar von Zeit zu Zeit nicht ohne Grund gegen ihre Unordnung und Unsauberkeit. Dann fuhr etwas Großes, Flatterndes wohl einmal hilfreich mit Schrubber und Lauge und heißem Wasser herum und dazwischen, aus lauter Barmherzigkeit. Es spritzte so sehr, daß der kranzbärtige Alte und das Kind sich jedesmal ganz verschüchtert jeder an eine Wand drückten. Die Frauen hatten ja recht! Die Leute, die ihr gutes Auskommen haben, müssen dazu auch immer noch recht haben, sonst ginge es ihnen ja nicht gut. Oll Walfischfänger prägte das dem kleinen Schühß nach einem solchen Reinigungsgericht auch immer ein, und an solchen Abenden wischten sie den Tisch auch wirklich ab, ehe sie das Brot darauflegten. Aber dann kamen sie schnell wieder ins Reden über wichtigere Sachen. Von all dem Merkwürdigen, was es in der großen Welt gab, mit einem Menschen reden zu können, der Zeit hatte, und zu fühlen,

daß man ganz richtig zueinander gehörte, das war für sie wichtiger als die Ordnung. Für alle anderen waren die beiden doch — und sicher mit Recht — ein bißchen überflüssig. Aber wenn tagsüber noch die mühselige Arbeit ums Brot bewältigt werden sollte, blieb eben einfach keine Zeit für das ewige Aufräumen, wenigstens nicht am Werktag!
Jeden Sonnabend bekam der Alte freilich einen Anfall von Verantwortungsgefühl, und beim Nachmittagsläuten begannen sie dann mit großartigen Anstalten, Reinschiff in der Hütte zu machen. Der kleine Schühß schleppte geduldig alles Gerät vor die Tür — er wußte, daß all der Umstand sich immer rasch an seiner eigenen Aussichtslosigkeit erschöpfte, aber immerhin waren die Sachen, wenn er sie wieder einräumte, doch wenigstens an der guten Seeluft gewesen! Die Nachbarinnen waren an diesen Tagen in ihren eigenen Häusern viel zu eifrig beschäftigt, um das listenreiche und gelegentlich geradezu mühselige Schaustück zu bemerken, das der Junge vor der Tür mit Tisch und Bank und Strohsäcken veranstaltete, während der Alte drinnen seine zwei Tonpfeifen als erstes und einziges Stück Reinschiff mit Liebe und auch bereits mit Ungeduld säuberte. Ja, es war wirklich eine Lumpenwirtschaft in der Hütte!
Aber wenn Oll Walfischfänger erzählte, dann war die Hütte ein Wunderreich. Der Junge verschlang den alten Seemann förmlich mit seinen großen braunen Augen. Niemand außer ihnen beiden wußte ja, was Erzählen sein konnte. Sie stellten sich dabei Aufgaben: erst zehn Reihen schweigend stricken oder so, um den Genuß zu erhöhen. Was der Alte draußen erlebt hatte, wollte das Kind in immer neuen Einzelheiten kennenlernen. Da durfte auch nichts geflunkert werden; wenn der Alte ungenau werden wollte, merkte es der kleine Schühß sofort und stellte dann so unbarmherzige Fragen, als ob er jahrelang schon als Seemann gefahren wäre. »Auf Mord und Totschlag in Grönland«, der alte Trinkspruch an

der friesischen Küste, und das Leben im Logis der Fangschiffe — es war, als ob Erinnerungen aus einem früheren königlichen Abenteuererleben hinter den braunen Augen des Jungen lebendig würden. Erst wenn es dem Walfischfänger mit den Fragen zuviel wurde und er brummte: »Na, dann erzähl's doch du, wenn du so genau dabei warst«, dann wurden seine Augen kleiner und stumpf, und der richtige kleine Schühß , der Findlingsjunge im armen Fischerhafen an der Schlickküste, saß wieder da.

Ach, zwischen zwölf und vierzehn Jahren weiß der Mensch sehr genau, daß es Wunder in der Welt gibt. Aber sie geschehen fern von einem selbst, so fern, daß vielleicht Leben und Sterben vergeht, ehe man auch nur einmal herankommt. Erst wenn man älter wird, kommt dem Menschen die Klugheit, sich die Wunder einfach im eigenen Kopf auszudenken und auf diese Art das zu genießen, von dem man möchte, daß es einmal Wirklichkeit würde. So klug war eben der kleine Schühß noch nicht.

Wohl aber erkannte er sehr genau das Kümmerliche und Enge, das trotz aller Abenteuer in den Erlebnissen des Walfischfängers vorherrschte. Wunder, deren Mächtigkeit sich dem Kinde andeutete, wie die Wucht treibender Eisberge in der schimmernden Erscheinung droht, die aus dem Wasser emportaucht, solche Wunder waren wohl um den Alten her gewesen. Aber er hatte doch immer nur gegen schlechten Lohn auf einem schmierigen Fangschiff gearbeitet. Und da saß er nun hier und versuchte, dem Arme-Leute-Tod bloß noch etwas aus dem Strich zu bleiben, von dem er doch wußte, daß er auf dem Wind herankam! Und er selbst, der kleine Schühß, sah auf dieser Welt keinen Weg, der ihn an die Wunder heranführen würde. Hier am Bollwerk legte außer der »Goodewind« ja nie ein großes Fahrensschiff an, und nicht einmal auf das Deck der »Goodewind« durfte sich der Lumpenjunge hinauftrauen. Kleine Leute waren alle hier im

Hafen, und auch die großmäuligen, faulen Knechte auf der Burg waren solche.
»Kleine Leute«, das war der Ausdruck von Oll Walfischfänger für das Volk in Grönland, aber für den kleinen Schühß klang immer eine tiefere, unbegreifliche Bedeutung in den Worten mit. Kümmerlich suchte ja jeder auch hier im Hafen sein bißchen Leben zu fristen, ohne daß sich jemals etwas Ungewöhnliches zeigen wollte. Sie waren ja sogar noch froh darüber! Er, Schühß, stammte sicher aus einer anderen Welt und hörte auf einen Namen, der für ewig verlorengegangen war. Er war aber nun einmal hier gestrandet, und nie würde er aus dieser Welt hinausfinden; denn man wußte ja eben nicht, wo die andere war. Auch der Walfischfänger wußte es nicht; der war schon zufrieden und glücklich, wenn nur seine stinkende Pfeife gut zog. Aber immer wenn harte Vereinsamung den Jungen überwältigen wollte, brauchte er bloß den Alten wirklich anzusehen, dann war es schon wieder gut. Der alte Seebär schloß ihm doch ehrlich und ohne etwas für sich zu behalten sein Leben auf. Und der kleine Schühß warf sich dem Walfischfänger oft mit einer Leidenschaft an den Hals, die dieser zwar nicht ganz begriff, aber doch wie etwas Köstliches genoß. Ja, sie hatten einander ganz, und viel mehr als das Glück einer echten Freundschaft war aus der Welt der kleinen Leute wohl mit keiner Macht herauszuholen. Gut hatten sie's beide trotz der himmelschreienden Wirtschaft hier, gegen die man auch wirklich einiges tun konnte. Der kleine Schühß begriff nicht, daß es aus einer Art Dankbarkeit gegen Gott heraus geschah, wenn ihn der Alte jedesmal nach einem solchen Zärtlichkeitsausbruch fast zänkisch ans Abwischen und Aufräumen schickte. Es wurde ja doch nie viel daraus. So klug war der Junge schon längst, daß er dann mit dem Wischlappen in der Hand rasch auf eine wichtige technische Frage, nach dem Beschlag einer Harpune oder nach einem der schwierigeren Knoten kam. Wal-

fischfänger war sympathisch darin, wie er so gar nichts merkte!

Eines nur war dem kleinen Schühß ärgerlich: daß der Alte so wenig von den Inseln erzählen konnte. Schühß war doch von der Westinsel hergekommen! Gewiß, auf den Fangschiffen war man oft mit Insulanern zusammen gefahren, aber sie galten an der Küste als hochmütig und beschränkt zugleich. Was konnte man da draußen zwischen Himmel und Wasser denn auch von der richtigen Welt wissen! Der riesige alte Heie, der mit seinen zwei Söhnen die »Goodewind« fuhr, kam zwar alle paar Monate vorsichtig das Tief herauf und legte an dem kleinen Bollwerk großmächtig unter den Fischerkähnen an. Aber die drei Insulaner standen dann so unnahbar auf ihrem Deck, als wenn über einem jeden ein Schwarm Möwen kreiste, und guckten ganz von oben mit kühlen Vogelaugen. Nun ja, die Hafenfischer fuhren bloß zu ihren Stellnetzen hinaus, die an dicken Pfahlwerken zu beiden Seiten des Tiefs auslagen. Aber das wußte man doch, daß diese Kerls von den Inseln keine große Stube kannten außer allein der Kirche, und daß sie die Frau des Burgamtmanns ruhig mit »du« anredeten. Von denen gab es Geschichten!

Der kleine Schühß stand regelmäßig am Bollwerk, wenn die »Goodewind« hereinkam, als wollte sie die Ufer des Tiefs auseinanderdrängen. Heie und seine Söhne erkannten ihr ehemaliges Findelkind wohl wieder. Aber jedesmal, wenn sie ihn anreden wollten, drückte sich der Junge immer verlegen beiseite. Er spürte wohl, daß man es ihm im Hafen verdenken würde, wenn er die Bekanntschaft gepflegt hätte, nach der er sich so heiß sehnte. Er stand dann fern auf dem Deich und starrte nur sehnsüchtig zu dem großen Fahrensschiff hinüber, auf dem die drei Männer ebenfalls merkwürdig starr erschienen gegenüber dem munteren Getriebe auf dem Bollwerk und in den Fischerkähnen. Was mochten sie denken? Eng zusammengedrängt und lärmend erschien ihnen wohl hier, zu einem pilzigen Gemächte zusammengewachsen, die Welt der kleinen Leute. Die Burg schaute wohl mit ihren Dachluken am inneren Ende des Hafens über die Deichwälle am Siel. Aber auch da war die dumpfig-mächtige, geordnete Welt der kleinen Leute. Und über allem lag jedesmal plötzlich eine unvermeidbare Feindseligkeit in der Luft, wenn das große, dunkle Schiff von der Insel draußen in den kleinen Hafen gekommen war.

Daß der kleine Schühß solche schwer zu erklärenden Zustände doch lebhaft spürte, kam natürlich daher, daß auch er sein Leben abseits führen mußte. Die anderen Kinder in seinem Alter waren derb und frei von aller Träumerei. Sie waren in der Welt am Deich, in den geschützten Gartenwinkeln und auf den Fischerkähnen völlig und fraglos zu Hause. Wenn es auch nur ein krummer Baum oder ein Anteil an einer der Jollen war — durch ihre Eltern oder ihre großen Brüder waren sie ansässig und fühlten sich unter sich zusammengehörig. Der kleine Schühß aber mit seinen braunen Augen und feinen Gliedern war nur ein Ausländer und außerdem, weiß Gott, in ihren Augen ein unordentlicher Lump! Als ihm vor einem Jahr durch Zufall ein eigenes Boot zugefallen war, hatte es zuerst einen erbitterten Krieg der ganzen Jugend gegen Schühß gegeben, obwohl keiner aus der flachshaarigen, eingesessenen Schar zuerst das morsche Wrackstück begehrt hatte. Sie hatten ja Kähne genug auf dem Tief. Heie hatte das alte Ding draußen treibend auf der »Goodewind« geborgen und bot es dann im Hafen aus. Die Fischer lachten ihn aus. Die Jungen und Mädchen wollten das faule Holz natürlich nicht einmal geschenkt. Als Heie es schließlich zornig auf das Prielufer stieß, bemerkte er die großen Augen des Kindes auf dem Deich, die wie immer gebannt zu ihm hinüberstarrten. Da schenkte er dem kleinen Schühß das Boot und vergaß die ganze ärgerliche Geschichte rasch, als draußen

erst wieder grünes Wasser vor seiner »Goodewind« aufschäumte.
So kam der kleine Schühß zu einem Boot. Der alte Walfischfänger half ihm es so zurechtzuflicken, daß man sich mit fleißigem Schöpfen immerhin über Wasser halten konnte. Was das Boot für den Jungen bedeutete, konnte ein erwachsener Mensch mit seinem ganzen Verstand nicht fassen. Das Wundergute am Walfischfänger war, daß er es dem kleinen Schühß trotzdem vollauf gönnte und die Netzarbeit oft danach einrichtete, daß der Junge die Tiden auszunutzen vermochte. Er konnte ja nur aufs Wasser, wenn mindestens halbe Fluthöhe im Tief stand. »Goodewind II« nannte er sein Fahrzeug heimlich, und solange in diesem Jahre gutes Wetter war, konnte man ihn bei niedrigem Wasser draußen in der Einsamkeit des Watts herumliegen sehen. Seltsame Kanäle mit grauen Schlickufern führten da zwischen unbetretbaren Trauminseln in die Welt der Vögel, und noch weiter draußen konnte man auf Sandbänken landen, die man kühn als König in Besitz nahm. Walfischfänger wußte, daß der Junge als ein Meerkind den Gefahren dieser Welt gewachsen war.
Für die übrige Jugend freilich bedeutete das Traumschiff des kleinen Schühß zunächst die aufreizende und verantwortungsvolle Aufgabe, dafür zu sorgen, daß ständig mit dem Boot etwas Aufregendes geschah. Wo die Strömung in einen Hafen auch im Dunkeln regelmäßig herein- und hinauszog, durfte man nicht vergessen, die Fangleine gut zu belegen. Überhaupt konnte ein erfinderischer Geist einem Bootsbesitzer von schusseliger Natur unendliche Not aufladen. Mehrmals hatten die Fischer das Boot schon von draußen wieder hereingebracht, wo es sich auf den Schlick gelegt hatte. Da gab es jedesmal Ohrfeigen, die gingen noch an, und Belehrungen, aber die waren schrecklich, denn man sollte es nie zu Belehrungen ausnützen, wenn jemand ohnedies schon dankbar sein mußte. Schließlich gelang es dem Walfischfän-

ger durch Vermittlung des Pastors und des Amtmanns, einen Burgfrieden herzustellen, und der kleine Schühß hatte von da an mit seinem Boot endlich Ruhe. Allerdings war er jetzt völlig von den anderen Kindern abgesondert. Unter Kindern herrscht ja noch die Meinung der alten Zeiten, daß einer nur das besitzen darf, was er auch verteidigen kann. Schühß spürte wohl, daß an dieser rohen Auffassung im tiefsten Grunde etwas Richtiges war. Er hätte jedenfalls eher sein Leben als sein Boot hergegeben.

Der kleine Schühß kannte die Wattenwelt am Tief draußen aus seinen Entdeckungsreisen und aus den Erklärungen des Walfischfängers schließlich so genau wie ein alter Wattfischer. Er verstand zunächst einmal, in einer hellseherischen Art das Gehörte und seine eigenen Erlebnisse miteinander in Verbindung zu bringen. Und dann — zwischen zwölf und vierzehn Jahren ist vielleicht wirklich die letzte Zeit im Menschenleben, in der noch nachwirkt, was wir in einem früheren Dasein gewesen sind und erfahren haben. Nachher hüllt uns der Nebel der Liebesregungen ja mehr und mehr ein, und man muß sich als ein vereinzeltes Wesen wie Robinson auf der Insel neu einrichten. Eine kurze Zeit davor aber schweift man noch frei zwischen den Erlebnissen einher. Der kleine verträumte Schühß machte hier draußen zwischen den gefährlichen Mächten der Sande und der Strömungen und der Luft nie etwas Dummes. Ja, er lernte bei jeder Ausfahrt wieder etwas Neues wie ein erfahrener fremder Lotse, der sich an einer ungewohnten Küste umsichtig einarbeitet. Oll Walfischfänger staunte über diese Gabe und verhieß dem Jungen, daß sie ihn auf der Burg sicher noch einmal als ersten Schiffsknecht einstellen würden. Wer solch einen Posten bei der Obrigkeit bekam, der konnte ja wunderbar zusehen, wie die anderen arbeiteten. Daß man Vorgesetzter werden konnte, war noch das Beste an der Welt der kleinen Leute. Aber der kleine Schühß bekam jedesmal verschleierte Augen und ein gelangweiltes Gesicht, wenn der Alte diese Lebensweisheit auskramte. In Wahrheit schnürte sich dem Kind bei diesen Aussichten das Herz so heftig zusammen, daß es hätte sterben können vor Traurigkeit. Nur noch ein klein wenig weiter, und Schühß fiel tot um, wenn er das innere Zusammenschnüren nicht selbst aufhielt! Zum Glück hörte der Alte gerade, bevor es so weit kam, immer auf und schimpfte heiser, daß sie wohl besser arbeiten sollten. So stand es also mit dem kleinen Schühß, als der schlimme Winter kam, in dem der Fischerhafen samt der Burg, ja die ganze Küstenwelt eine Zeitlang zugrunde zu gehen drohten.

Es fing schon im Spätherbst damit an, daß die Stürme und die großen Fluten, die der Winterstille immer vorangingen, gar kein Ende nehmen wollten. Die Stellnetze am Tief draußen konnten wochenlang nicht ausgebracht werden, und da zudem die Ernte hinter dem Deich schlecht gewesen war, drohte der Hunger. Auf der Burg verlangten sie natürlich gerade jetzt ihre Abgaben, und so herrschte Uneinigkeit und Mißstimmung überall.

Das Wetter wurde in diesem Unglückswinter gar nicht kalt. Noch im Dezember gab es Blumenstöcke in den zerzausten Gärten, die neue Blüten trieben. Die Milch wurde sauer wie im Sommer, und im Wandschrank schimmelten sogar die Tassen. Und das Meerleuchten geisterte bei Flutzeit jetzt nachts im Hafen herum. Man war auf viel Leid gefaßt.

Vom Siel und Hafenort aus sprang der Deich, den die Fischer und die Burgleute gemeinsam zu unterhalten hatten, in weit geschwungenem Bogen nach Nordwesten gegen das Watt hinaus und zog sich erst dann zum großen Strom im Westen hin. Dieser Vorsprung war schon immer gefährdet gewesen, und seine Pflege war dem Burgamtmann ganz besonders anempfohlen, da von der Festigkeit dieses Deiches die Sicherheit weiter, fruchtbarer Gebiete im Hinterland abhing. Sobald daher jetzt nach einem schweren Sturm ruhige Tage kamen, befahl der Amtmann alle Männer und Weiber zur Deichfron. Die Fischer aber mußten doch das ruhige Wetter ausnützen, um noch Schollen an die Trockenleinen zu schaffen. Sie fanden, das faule Volk auf der Burg sollte nur allein am Deich schüppen. Es gab böse Auftritte um das Recht, und der Deich wurde dabei auf jeden Fall vernachlässigt.

Gerade zwischen zwei Stürmen kamen damals oft Tage ganz besonders tiefer Stille. Der kleine Schühß war an einem solchen Nachmittag mit der »Godewind II« wieder einmal weit draußen gewesen. In der einsamen Welt der Sande und Schlickwatten bei Niedrigwasser kann sich der Mensch völlig auf ein anderes Gestirn versetzt vorkommen, wo es nichts gibt als Himmel und Wasser und kahle Bänke, von denen die Strömung sogar jede Muschel und jedes Tangbüschel weggefegt hat. Und auf diesem wässerigen Stern nun schien dem Jungen seit seinem letzten Besuch etwas anders geworden zu sein. Er wriggte sein Boot vorsichtig bis an die Mündung des Tiefs in den großen Strom, wo er eigentlich nicht hinfahren durfte. Da sah er, daß sich im Westen ein neuer Priel gebildet hatte, der auf den vorspringenden Deich zugehen mußte. Von dem Landufer konnte man freilich im Boot hinter den klafterhohen Bänken hier draußen nichts sehen, es also nur ahnen. Aber der kleine Schühß fühlte mit seiner hellseherischen Gabe, daß die See hier etwas Bedrohliches begonnen hatte, das man vom Deich aus wahrscheinlich noch gar nicht bemerken konnte. Der Amtmann wußte wohl kaum, wie sehr er recht hatte mit seinem Antreiben zur Fronarbeit. Dem Jungen fiel jetzt auch ein, daß er beim Hinausfahren die Fischer alle bei den Stellnetzen an der Arbeit gesehen hatte.

Vielleicht hatte es offene Empörung gegeben, und niemand war heute draußen am Deich bei der Ausbesserungsarbeit. Der Junge fühlte, wie wichtig seine Entdeckung war, und wriggte eilig zurück, sobald das Wasser stillstand.

Bei den Stellnetzen waren noch die Leute mit ihren Kähnen. Aber der kleine Schühß hielt sich hier nicht erst auf. Er wußte, das hätte nur Zeitverlust bedeutet. Denn wie alle Jungen kannte der kleine Schühß das Verhalten der Erwachsenen genau, wenn sie bei der Arbeit gestört wurden. Ein wilder Stier war umgänglicher. Hier mußte der Walfischfänger sehen, ob etwas zu machen war.
Der Abend dunkelte schon, als der kleine Schühß mit der steigenden Flut todmüde im Hafen ankam. Er legte sein Boot in der Eile nur liederlich fest, so aufgeregt war er. Er hatte gar nicht bemerkt, daß die Sterne nur noch vor ihm am Südosthimmel sichtbar waren. Hinter ihm war längst alles düster, und daß er so schnell hereingekommen war, hatte nicht nur seine verzweifelte Arbeit am Riemen bewirkt. Beim Anlegen strich plötzlich ein pfeifender, heißer Wind über ihn hin, der ihn getrieben hatte. Das Wetter schlug um! Der ganze Hafen wurde im Halbdunkel vom Geklapper der Holzschuhe lebendig. Alle Weiber und Kinder liefen herum und warteten auf die Männer, die die Netze hereinbringen mußten. Der kleine Schühß, der jetzt natürlich wieder bloß von einer überflüssigen Lustfahrt zurückkehrte, wo alles in Sorge war, bekam gellende Schimpfreden zu hören, als er sich zur Hütte hin verdrückte.
Der alte Walfischfänger, der bei seiner Pfeife im Dunkeln gedöst hatte, begriff natürlich sofort, wie wichtig die Entdeckung des Jungen war, und er zweifelte keinen Augenblick an der Richtigkeit der hastigen Schilderung. Jetzt kam Sturm auf! Die erste Flut in der Dunkelheit konnte noch ohne Gefahr hingehen; es war ja schon in zwei Stunden Hochwasser. Aber die nächste setzte am frühen Morgen im Dezember ebenfalls noch im Dunkeln ein, und bis dahin konnte der Nordweststurm das Wasser gefährlich aufstauen. Wenn am Deich schlechte Stellen waren, mußten sie also während des nächtlichen Niedrigwassers ausgebessert werden. Heute

hatte es schon am Tage Aufruhr wegen der Deicharbeit gegeben — da kam es dann gehörig auf den Burgamtmann und den Pastor an. Der Walfischfänger rieb sich bedenklich sein verkrüppeltes Bein. Aber dann gingen sie los.
Draußen war es stockdunkel, aber ganz laue Luft. Der Wind lärmte schon hohl unter den Wolken hoch über den Häusern. Am Bollwerk war Geschrei und Geschimpfe. Die Fischer hatten in der Dunkelheit, die sie vorzeitig überfiel, nur einen Teil ihrer Netze bergen können. Die Flut war gekommen.
Eine Stunde später ging plötzlich der Glutschein des Alarmfeuers am Versammlungsplatz beim Siel hoch, und die Hörner in der Burg tuteten dumpf in das Windessausen hinein. Der Amtmann und der Pastor setzten es nach wüsten Lärmreden in dem Menschenhaufen durch, daß alles, was arbeiten konnte, mit Fackeln, Pferden und Gerät sofort zur Deichbucht aufbrach. Die Frau des Amtmanns, eine starkknochige und gewaltige Dame, würde die Burg hüten und für die Verpflegung draußen sorgen. Jeder begriff ja im Grunde, daß die Sicherheit des ganzen Ortes auf dem Spiel stand. So war das natürlich nicht, daß die Fischer die Burgleute allein arbeiten ließen, wenn diese endlich mal ihre faulen Knochen aufs Spiel setzten! Zwei hochbeladene Wagen knarrten und krachten abenteuerlich im Fackelschein auf den Deich hinauf, und der Zug ordnete sich mit Spaten und Reisigbündeln kriegerisch davor und dahinter. Oben blies der Sturm die Fackeln zu kleinen blauen, sprühenden Köpfen zusammen, aber da war Pech genug daran! Für die Jungen und Mädchen war es eine wilde Lustbarkeit. Der kleine Schühß weinte fast, weil er noch nicht richtig dazu gehörte. Walfischfänger mit seinem verkrüppelten Bein konnte man ja nicht brauchen.
Der Pastor hatte gerade noch zu einem stillen Gebet Ruhe geschaffen, und man hörte durch das Knistern der Fackeln und den Wind oben in der Finsternis die Kirchenglocke bimmeln, während am Bollwerk die Schiffe gegeneinander rumpelten.

Es war Hochwasserzeit. Da gab es noch neue Aufregung. Aus dem Dunkel von draußen her erhoben sich singende Rufe. Eine Jolle kam noch herein. Bei dieser Finsternis hatte sie sich nur durch die Feuer am Siel zurechtfinden können. Noch ehe das fremde Schiff festgemacht hatte, wußten alle, daß es Petermanns Jolle von der Westinsel war. Da mußte etwas geschehen sein, daß sie in der Nacht noch Schiff und Leben aufs Spiel gesetzt hatten. Langsam kamen drei hochgewachsene Männer in den Lichtkreis herauf. Es war der alte Heie von der Westinsel mit seinen Söhnen. Sie sahen schrecklich mitgenommen aus, und die Scherzreden: »Ihr habt uns gerade noch gefehlt!« und »Habt ihr die Spaten auch gleich dabei?« verstummten rasch. Man wußte am Wasser, was Unglück ist.
Die »Godewind« hatte beim letzten plötzlichen Sturm vor zwei Tagen hinter der Westinsel nur vor einem Anker gelegen, und die Schiffer hatten nicht mehr an Bord kommen können. Das Schiff hatte sich losgerissen, und die drei hatten sich am Tage darauf in Petermanns Jolle auf die Jagd gemacht. Aber der Teufel saß offenbar in der »Godewind« und führte sie mit den wechselnden Strömungen geheimnisvoll auf dem Watt umher. Hatten sie das treibende Schiff endlich entdeckt, so war es ihnen, ehe sie herankamen, mit der nächsten Tide schon wieder davongetrieben. Im Dezember war ja nur wenige Stunden Tag. Gestern bei dem stillen Wetter hatten sie die »Goodewind« den großen Strom im Westen landwärts hinaufspazieren sehen, aber der Wind fehlte ihnen, um sie zu erreichen. Als heute abend der Wind kam, hatten sie das Teufelsschiff kurz vor der Dunkelheit noch auf den Hafen hier zutreiben sehen und gehofft, es trotz der Finsternis im Tief bei den Stellnetzen zu erwischen. Aber sie waren nur zu ihrem eigenen Erstaunen, durch den Feuerschein geleitet, in den Hafen gekommen. Die »Goodewind« aber blieb spurlos verschwunden.

Ein kleiner, aufgeregter Junge stand im Feuerschein dabei und wollte etwas sagen: »Die ‚Goodewind' muß in den neuen Priel geraten sein!« Aber der todmüde und verzweifelte riesige Schiffer sah ihn nur böse an und trat mit dem Fuß nach ihm. Es war ja schließlich auch gleich, wo das Schiff endlich auf Grund geriet und verlorenging. Hier fuhren die großen Mächte in ihren Angelegenheiten, von denen die Menschen nichts wußten, quer durch die Welt der kleinen Leute, und was ihnen zufällig in den Weg kam, das wurde mitgeschleift und lag nachher zerstört herum.
Der Amtmann verfügte, daß die drei Insulaner jetzt zur Notarbeit mit an den Deich müßten. Es gab fast Mord und Totschlag, ehe die erschöpften Männer ihren Verstand soweit beisammen hatten, daß sie begriffen: man kann, solange man lebt, nicht aus der Ordnung heraus. Der Zug lärmte den Deich entlang in die Nacht hinein. Der Wind nahm noch zu, aber das Wasser hatte schon wieder begonnen abzulaufen. Die Frau des Amtmanns schickte die paar Leute, die zurückgeblieben waren, und auch die Kinder an die Arbeit. Wenn die Männer etwas anfangen, müssen die Frauen schon wieder an die nächste Mahlzeit denken, so ist es mit den Heldentaten auf dieser Welt. Die Frau des Amtmanns sah das ganze Unternehmen genau so, wie es in Wirklichkeit war.
Der kleine Schühß aber fühlte noch etwas mehr, als er im Wind auf dem Deich hinter den Lichtpünktchen herstarrte, die sich in den aufgerissenen Schlund des Nordwesthorizonts hinein verkrochen. In wenigen Jahren würde auch er gebraucht werden können, wenn sich der Zug in die Gefahr hinein bildete und ordnete. Am Boden hingeschmiegt, wo es Deckung gab — unter Dächer verkrochen, mit listiger Ausnützung des heißen Feuers, so schob sich die Welt der kleinen Leute über das Land hin, und sie machten sich im Kopf große Dinge nach ihrem Maß zurecht, jeder, bis er starb. Meilenhoch in dem Luftraum oben und in der unheimlichen

Verbundenheit alles Hin- und Herziehens der Gewässer auf der ganzen Welt aber geschahen ganz andere Dinge. In diesen Gefahren standzuhalten, das bewahrte vor dem Schicksal, immer kleiner zu werden. Der kleine Schühß ahnte nicht, daß er schon in der nächsten Stunde in diese Bewährungsprobe hineingerissen werden sollte, weil der riesige Heie, der unwissend nach ihm getreten hatte, und die menschenverlassene »Goodewind« draußen in der Sturmnacht gerade den kleinen Schühß brauchten.
Es fing damit an, daß der alte Walfischfänger bei dem Lichtschein, der aus einem Fenster bis auf das Bollwerk hinausfiel, die Umrisse zweier Jungen gewahrte, die sich von den Kähnen her hastig nach dem Siel hin verdrückten. In Gedan-

ken an frühere böse Streiche rief der Alte mit seiner heiser bellenden Stimme nach seinem Jungen, ob er sein Boot auch ordentlich festgemacht habe. Er humpelte, so rasch es ging, hin, und der kleine Schühß sauste an ihm vorbei. Richtig, die Fangleine war los, und das Boot trieb gerade ab. Der Alte hing oben an einem der glitschigen Pfähle des Bollwerkes, um die Leine abzunehmen. Gerade als der kleine Schühß das Boot wieder herangezogen hatte, verlor der Krüppel im Dunkeln den Halt und stürzte in das Boot. Sie kenterten fast. Der Junge sprang nach vorn und half dem stöhnenden Alten sich aufzurichten. Als es endlich gelungen war, zeigten sich die Schattenmassen des Ufers und der Kähne schon zurückgewichen. Sie trieben in der Mitte des Tiefs. Der einzige Riemen war über Bord gerutscht. Der Ebbstrom zog sie bereits ins Dunkle, dem heulenden Wind entgegen.

Sie übersahen beide sofort die Gefahr. Hier unter dem Ufer drückte sie der Wind noch nicht zurück. Der Strom mußte sie durch die Krümmungen des Tiefs führen, und schon etwas weiter draußen war es in dem klaftertiefen Schlick der Gestade unmöglich zu landen, selbst wenn sie das Boot aus dem Strom bringen konnten. Hinter der letzten Krümmung aber begann der unheimliche Seegang des Stroms, der gegen den Wind lief. Schon hier begann das Boot immer stärker auf und ab zu schaukeln. Der erste Guß schwappte bereits über den Bordrand und spülte kalt um ihre Füße. Der kleine Schühß sah aufmerksam in das Gesicht des Alten, das er am Schimmer des weißen Kranzbartes vor sich erkennen konnte. Auf dem Wasser war wie immer etwas Licht.

Der Junge wußte genau, daß an Bord immer nur einer das Kommando haben darf. Der Alte, dem das Kommando zukam, wimmerte und fluchte durcheinander: er hatte sein Bein wieder gebrochen oder verstaucht, und er hatte die Pfeife aus dem Mund verloren. Es war klar, daß der Junge in dieser Notlage der eigentliche Seemann sein mußte.

Der kleine Schühß streichelte mit stolzer Zärtlichkeit die knorpelige Hand, die neben ihm auf dem Dollbord lag, als der erfahrene Walfischfänger die Sachlage mit ihm wie mit einem Alten beriet. Sie konnten natürlich bald nichts mehr tun als um ihr Leben zu schöpfen. Kamen sie noch schwimmend bis hinter die Stellnetze draußen, so erreichten sie wohl allmählich Sandufer auf der Westseite. Am Himmel mußten gehäufte Wolken sein, vielleicht kam etwas mehr Licht, wenn der Mond nach Mitternacht aufging. Das Boot holte plötzlich über und stieg dann mit dem Achterteil steil empor: das erste Brausen einer brechenden Woge lief in der Dunkelheit neben ihnen her.
Der Junge half dem Alten, den Ölhut loszubekommen und sein Taschentuch um den Kopf zu binden. Oll Walfischfänger mußte mit dem Hut arbeiten, der kleine Schühß mit der Schöpfkelle. Er mußte mit ihr ja auch noch den Bug gegen den Wind halten und dabei wie ein Affe auf der Schaukel von Bord zu Bord tanzen. Der Alte richtete sich auf dem Boden am Achterende ein. Wenn eine See hineinschlug, spülte die kalte Suppe ihm bis an den Bauch. Aber als ihm gleich der erste Guß die Pfeife gegen die Hand wusch, war Walfischfänger ganz zufrieden. Er fand, daß ihm auf diese Art das verletzte Bein ganz umsonst gekühlt wurde. Der kleine Schühß klopfte ihm in der Eile anerkennend mit der Schöpfkelle auf den Rücken. Wohl, wohl, auf der »Goodewind II« taten Kapitän und Mannschaft, was gemacht werden konnte!
Sobald der Wind erst freiere Bahn hatte, wurde der Seegang allerdings rasch bedenklicher, als es sich der kleine Schühß überhaupt hatte vorstellen können. Die hohlen, brausenden Wasserhügel warfen sie herum, daß es alle Augenblicke schien, nun würde ihnen das Boot über den Kopf gestülpt werden. Wäre es nicht schon nahe Mitternacht und ziemlich viel Wasser schon abgelaufen gewesen, so hätte die See sie gleich hinter der letzten Krümmung im Nu ersäuft. Der

Wind lastete richtig auf dem Boot. »Drück's nach luv, Junge«, bellte der Alte und schöpfte gleichmäßig wie eine Pumpe. Auf der Windseite kam schon die Bank heraus; wenn sie nur die Strömung mitten im Tief vermeiden konnten, kamen sie vielleicht doch aus dem Bereich der grundlosen Schlickmassen heraus. Hätte der kleine Schühß nicht wie ein wassergewohnter Otter die Bewegung der Seen ausgenützt und überdies sein Boot so genau gekannt, so hätte er es mit der Schöpfkelle als einzigem Werkzeug nicht durchhalten können; das Schöpfen selbst mußte der Alte bald allein besorgen. Es war mehr ein Floß als ein Boot, auf dem sie drehend und schaukelnd in die Finsternis hinein entführt wurden. Aber der Wind konnte sie so flach auf dem Wasser auch weniger packen. Sie hatten keine Ahnung, wie weit sie eigentlich schon gekommen waren. Das Wasser begann immer stärker zu leuchten. Rechts von ihnen brüllte und gleißte der volle Strom; einmal schien es ihnen, als glitte der schattenhafte Umriß eines Pfahls an ihnen vorbei.

Die Arme des kleinen Schühß wurden allmählich so schwer wie Blei und steif — oh, die Schöpfkelle nur in der Hand zu halten, war schon eine Arbeit. Einmal bellte ihn der Alte plötzlich wütend an und schlug ihm den nassen Hut über den Kopf. Schühß war eingeschlafen. Dann zog ihn nach endlosem Kampf mit der Müdigkeit der Alte schließlich auf seinen Schoß. Das Kind schauerte vor eisiger Kälte und Erschöpfung. Walfischfänger knöpfte es in seine Jacke, so gut es ging, und steuerte über seinen Kopf weg mit der Schöpfkelle. Sie mußten jetzt einfach windwärts ans Ufer, und wenn es auch der Schlick war!

Ein Nachlassen des Windes machte es ihnen möglich, ganz aus dem Strom zu treiben. Der kleine Schühß wurde plötzlich geweckt: der Kiel des Bootes war auf harten Sandgrund gestoßen. »Du mußt raus, armer Kerl.« Der Junge wurde ganz wach, als er bis zum Leib in das eiskalte, aufleuchtende

Wasser glitt. Walfischfänger schöpfte, der Junge zerrte das Boot hinauf, die Ebbe tat das übrige. Endlich saßen sie auf Grund fest. Gegen den Himmel stieg die Bank schräg und schwarz vor ihnen empor. Der Alte konnte sich ja aus dem Boot nicht rühren. Während er weiterschöpfte, rannte der kleine Schühß steifbeinig auf den Sand hinauf, um vor allem erst einmal Ausschau zu halten.

Ein unendliches, winddurchbraustes Gewölbe von Finsternis, wenige flimmernde Sterne oben und im Südosten ein rötlicher, kranker Schimmer auf Wolken, hinter denen der Mond aufging, das war zuerst alles. Nichts als dunkle Sandbank! Aber dann kam im Südwesten ganz fern ein flackernder Lichtschein zum Vorschein, manchmal strahlte für Augenblicke ein roter Stern auf. Das mußte das Feuer am Deichbogen sein, wo sie jetzt arbeiteten. In diese Richtung hätten sie laufen müssen, wenn Oll Walfischfänger hätte laufen können. Es schien sehr, sehr weit zu sein, aber im Dunkeln konnte er das schlecht abschätzen. Das Gefühl sagte dem Jungen, daß sie weit über die Stellnetze hinaus schon in der Gegend der großen Rinne sein mußten. Schräg von dem Feuerschein weg schien noch ein dunkler Gegenstand zuweilen aufzutauchen und wieder zu verschwinden, wie das so ist, wenn man etwas scharf ins Auge faßt, das sich kaum vom Dunkel abhebt. Aber es war nichts da.

Walfischfänger, der wackere alte Seemann, befahl dem Jungen natürlich, sofort mit allen Kräften auf das Feuer am Deich zuzulaufen. Es habe keinen Zweck, hier zu zweien umzukommen. Kein Gedanke, daß er humpeln könne. Übrigens habe er ja seine Pfeife, wenn auch kalt, und also: Marsch, kleiner Schühß! Er könne Hilfe ja vom Deich herbeiholen. Aber der Junge wußte natürlich, daß der gute Alte bloß flunkerte, um ihn fortzukriegen. Bis Schühß den Deich erreichen konnte, vergingen sicher Stunden, und inzwischen kam längst die Flut wieder. Es war hart für den Kleinen, daß

der einzige Mensch, den er auf der Welt hatte, ihn hier fortschickte. Aber nach dem Gesetz der See mußte es so sein. Als der Junge durchgefroren und müde den Sand wieder hinaufstieg und der Schatten am Wasserrand, der sein Boot mit seinem besten Freund darin war, im Dunkel versank, da schüttelte Schühß trotzig den Kopf. Nein, das war bloß das Gesetz der kleinen Leute auf der See, daß er seinen Freund hier draußen allein lassen sollte. Das wahre Gesetz der See war, daß Schühß sich hier auf die Bank hinsetzte. Und nachher, wenn die Flut wiederkam und das Boot aufs neue flott machte, wollte Schühß sich einfach wieder zu dem Alten setzen. Der würde zwar schön schimpfen, aber dann konnte er ihn nicht mehr fortschicken. Der Kleine legte sich in der Finsternis in eine Sandrinne. Er schaufelte sich träge mit den Händen etwas mehr Deckung gegen den Wind. Im Liegen konnte er das ferne Feuer am Deich sehen. Ohne daß er es merkte, war er plötzlich trotz Nässe und Kälte eingeschlafen.
Der kleine Schühß fuhr plötzlich hoch. Eisiger Frost schüttelte ihn, eine blendende, weiße Helligkeit war rings umher. Mit Mühe kam er mit dem steifen Körper zum Sitzen. Der Mond schien halb hoch durch die Wolken; Schühß lag immer noch auf dem Sande. Er konnte nicht lange geschlafen haben. Richtig, da war immer noch das Feuer am Deich. Jetzt im Mondschein sah er erst, wie weit es bis zur Küste war. Doch was war da überall in der Luft? Der Sturm hatte nachgelassen und blies nur noch stoßweise. Aber der ganze Luftraum war jetzt voll von dem hellen Gelärm des Wassers auf meilenlangen Sandbänken. Die Flut kam!
Der kleine Schühß war ein tapferer Junge. Die Erkenntnis, daß das Wasser schon wieder zu steigen begonnen hatte, weckte in ihm nur die volle Entschlossenheit, etwas zu ihrer Rettung zu unternehmen. Und wenn nur ein Wunder sie ans Land bringen konnte, so mußte eben ein Wunder geschehen. Man drehte sich etwas zur Seite und sah es, das war ganz klar.

Und als sich der kleine Schühß etwas zur Seite drehte, zeigte ihm das Mondlicht die dunkle Masse eines Schiffes, das im neuen Priel aufgelaufen war! Er sah den Bogen des Sandufers deutlich von der Prielmündung bis unter seinen Standort herumkommen. Natürlich war es die »Goodewind«, und er hatte sie vorhin schon im Dunkeln gesehen! »Ich Dööshammel«, sagte sich der kleine Schühß. Aber dann fiel ihm ein, daß er den Walfischfänger im Boot doch erst hätte hinbringen können, nachdem die Flut die »Goodewind II« wieder erreicht hatte. Er kam sich sehr umsichtig vor, als er zum Boot hinabstieg, wo der Alte ganz in sich zusammengefallen schnarchte, während das Wasser schon wieder um die Planken gluckste. Sie machten nicht viel Worte. »Du bist nicht gerade mall, aber kluge Leute sind anders«, urteilte der Gerettete. »Du hättest doch längst nach dem Schiff laufen und mir Feuer für die Pfeife suchen können!« Aber dann rubbelte er ihm doch den Kopf zwischen den knorpeligen Händen, daß dem Jungen ganz heiß vor Glück wurde. Sie wußten ja beide gut genug, daß die Sache nicht so einfach war.
Es war auch wirklich nicht ganz einfach, im seichten Wasser am Rand der Sandbank mit dem Boot zur »Goodewind« zu gelangen, obwohl es in der Luftlinie nur ein paar Kabellängen waren. Der kleine Schühß mußte fast die ganze Zeit im Wasser schieben, und das machte die Oberschenkel rasch lahm. Auch stieg das Wasser reißend schnell, und den Mond hatten sie immer nur für Augenblicke. Es war gut, daß Walfischfänger auf den Kurs achten konnte. Als er den Mast der »Goodewind« erst einmal gesichtet hatte, roch der Alte den Weg im Dunkeln. Über tiefe Rinnen ließen sie sich vom Flutstrom treiben. Endlich ragte die dunkle Masse des Schiffes, das auch noch fest auf dem Sande lag, dicht vor ihnen auf. Auch mit dem schwierigen Unterfangen, den Krüppel an Bord zu schaffen, wurden sie unter seinem erfahrenen Kommando endlich fertig, wenn er mit seinem Bein auch fast

schlapp machte vor Schmerz. Endlich saßen sie auf festen Planken. Der kleine Schühß war zum erstenmal auf einem richtigen Fahrensschiff.
Walfischfänger hatte seine helle Freude an dem Jungen, als er ihn jetzt versuchsweise fragte: »Wat nu?« Der kleine Schühß wußte, daß zuerst die tüchtige »Goodewind II« am Heck zuverlässig festgemacht und daß dann der zweite Anker der großen »Goodewind«, der zum Glück klar an Deck lag, über Bord geworfen werden mußte. Auch das war noch harte Arbeit. Aber sie waren jetzt auf festem, dichtgefügtem Eichenholz mitten in der treibenden Wildnis von Sand und Wasser, das war ein unbegreifliches Wunder! Sie sorgten für die große »Goodewind«, so gut es im Dunkeln möglich war. Dann erst bezogen sie die Kajaüte, in der es trocken und herrlich ordentlich war! Ein Feuerzeug zwar konnten sie im Dunkeln nicht finden, aber in den Schlafkojen waren wollene Decken zu fühlen. »Nackend reinwickeln und schlafen«, kommandierte der Alte, nachdem er sich stöhnend hatte hinlegen und zudecken lassen. Ach, wie wohlig war das für den kleinen Schühß, im Dunkeln auf einem richtigen großen Fahrensschiff zu liegen! Der Frost schüttelte ihn noch trotz der kratzigen Decke, und er konnte lange nicht einschlafen. Aber es war herrlich, so zu liegen und die Taue am Mast klappern und das Wasser an den Planken draußen glucksen zu hören.

An der fernen Küste hatten die Leute bei der nächtlichen Deicharbeit bald gesehen, daß es zahlreiche schlechte Stellen gab. Als der Mond zeitweise herauskam, ließ sich trotz der diesigen Luft, die in dieser Jahreszeit immer über dem Marschenufer lag und die Sicht einengte, schon erkennen, daß der neue Priel dicht ans Land heranzog. Damals verstand man die Deiche nur mit Strohdocken zu befestigen. Je länger die Leute arbeiteten, desto klarer erkannten sie, daß der richtige Zeitpunkt versäumt war. Wenn der notdürftig ausgebesserte Deich die nächste Flut nicht aushielt, die noch im Dunkeln bis in den zeitigen Vormittag kam, war der Hafenort verloren. Der Amtmann und der Pastor wetterten nicht schlecht, und die Leute schonten ihre Knochen nicht. Bei aller Bedrücktheit hatten sie eine verbissene Wut auf das unbarmherzige Meer, das die mühselige Arbeit langer Jahre in wenigen Stunden wegwischen konnte, als sei der Mensch rein gar nichts in der Welt.

Als der Morgen graute, war das Wasser längst da. Man sah, wie die Strömung mit dem Wind erst gegen das Ufer lief und dann scharf abbog. Den ganzen Deich entlang wurden Wachen verteilt, um sofort eingreifen zu können, wenn die Deichkrone nachgeben sollte. Die Leute hatten scharfe, übermüdete Gesichter; die Weiber fingen schon an zu jammern und nach den Häusern zurückzusehen.

Sobald es richtig hell wurde, erkannte man das Schiff draußen. Die verhexte »Goodewind« wollte ihnen zu allem Überfluß an Not also jetzt auch noch gegen den Deich treiben! Die drei Heies, die ohnehin schon eine wahre Mordlust hatten, wurden völlig unklug. Sie liefen ins Wasser, aber das war längst zu hoch gestiegen, als daß sie noch weit vom Ufer weggekommen wären. Dann standen sie beisammen auf dem Deich. Keiner wagte sich in ihre Nähe, so schrecklich war der Anblick dieser drei Männer. Schließlich trat der Pastor zu ihnen. Er war einer von der Küste und verstand, was in ihnen vorging. Er wußte auch noch mehr, nämlich was die übrigen Leute in Gruppen und mit drohenden Mienen beredeten. Für sie war das treibende Schiff nur eine schreckliche Gefahr mehr für den Deich.

Die Heies schrien plötzlich auf und zeigten auf das stumme Schiff. Alle spähten jetzt genau hin. Das Schiff, von dem man erwartete, es würde jetzt endlich zerstörerisch herankommen, schwankte immer noch an derselben Stelle auf und nieder, und es lag jetzt sogar richtig im Wind. »Es liegt ja vor Anker«, riefend die Leute staunend. Wahrscheinlich war der Anker bei der Strandung von selbst über Bord gegangen! Die Heies wurden ganz lebendig. Aber die Leute von der Küste schüttelten drohend die Köpfe. Der Amtmann winkte dem Pastor und beriet sich mit ihm. Aus dem Haufen der Fischer wurde mit zornigem Geschrei immer deutlicher etwas Unheilvolles gefordert.

Der Pastor trat wieder zu den dreien hin. »Heie«, sagte er zum dem Alten, »du mußt es hinnehmen. Bis du an Bord kommst, wenn das Wasser wieder fällt, sitzt die ‚Goodewind' schon auf. Und bei Niedrigwasser ist die einzige Zeit, wo die Leute noch hinauskönnen« — es kam ihm schwer über die Lippen. »Du weißt, es ist altes Deichrecht: ein Schiff, das gegen den Deich treibt, muß verbrannt werden!« Aus dem Haufen der Fischer scholl es wüst und grollend: das Schiff muß verbrannt werden! Auch Burgleute zogen näher heran, um die ungebärdigen Insulaner in Fesseln zu legen, wenn sie Umstände machen wollten.

Heie flehte, sie doch an Bord zu lassen; sie würden sicher mit der nächsten Tide abkommen. Aber der Amtmann durfte nicht nachgeben. Die nächste Flut lief schon im Nachtdunkel heran, und wenn es den Schiffern mißglückte, geschah unabsehbares Unglück. Die Söhne des Alten standen hochmütig und stumm da und wandten keinen Blick von ihrem Schiff. Schließlich drehte sich auch der Alte der See zu, und keiner der drei regte sich über eine Stunde lang. Vom Schloß wurden Pechkränze und Äxte geholt. Das Wasser begann abzufallen. Der Wind blies jetzt stetig aus Nordwest.

Die Jungen und Mädchen waren die ersten, die bemerkten, daß jemand an Bord der »Goodewind« sein müsse und daß es tatsächlich ein Boot war, das an ihr hing. Alle traten zu den Heies, um mit ihnen über die unerklärliche Erscheinung zu reden. Aber die drei starrten nur weiter verschlossen hinaus. Knapp daß der Alte den Kopf schüttelte auf die Frage,

ob denn noch jemand an Bord sei. Der Pastor machte ein bedenkliches Gesicht: auf den Inseln sollte ja manches nicht mit rechten Dingen zugehen!
Man sah jetzt, wie draußen über dem Schiffsrumpf ein kleines braunes Dreieck ganz langsam emporzusteigen begann. Als es anfing im Wind hin- und herzuschlagen, erkannt man, daß jemand an Bord das Großsegel mit hängender Gaffel hißte. Aber er kriegte es nicht recht hoch, wer das auch sein mochte. Die drei Heies ballten die Fäuste weißkantig zusammen, als arbeiteten sie aus der Ferne mit. Das Segeldreieck stand und schwankte, und endlos lange geschah nichts weiter.
Plötzlich schrien alle auf: »Es treibt auf den Deich! Die Ankerkette ist gebrochen!«
Das Schiff trieb wirklich auf Land; vor ihm aber wurde an der Stelle, wo es gelegen hatte, eine kleine tanzende Boje sichtbar.
»Da ist ein Seemann an Bord«, schrie der alte Heie krächzend vor Aufregung. »Der Teufel legt keine Boje vor die Kette, wenn er den Anker schlippt!«
Die »Goodewind« lag plötzlich mehr seitlich. Man sah am Abstand von der Boje, daß sie langsam zum Stehen kam, und dann wurde das Segel dichtgeholt, und das Schiff begann, von der Ebbströmung unterstützt, ganz langsam vom Lande wegzuarbeiten. Als der erste Brecher wie ein Gischtbart zu beiden Seiten am Bug emporflog, holte der alte Heie tief Luft, daß es röhrte. »Sie macht Fahrt, die ›Goodewind‹ kann es schaffen!« Alle starrten hin, als könnten sie damit helfen. Das Schiff kam nach einer halben Stunde zähen Ankämpfens in die tiefe Rinne, und plötzlich ging es anmutig vor den Wind und lief in das Tief hinein. Ein wildes Beifallsgeschrei flog den Deich entlang. Als die »Goodewind« die Stellnetze passierte, rannte alles, was auf dem Deich stand, mit Hallogeschrei den Häusern zu.

Das war die Einfahrt des kleinen Schühß auf dem großen, schwarzen Fahrensschiff »Goodewind«. Noch nie hatte es solch eine Aufregung im Hafen gegeben! Die Jungen liefen natürlich durch Schlamm und Gräben bis an die letzte Krümmung des Tiefs voraus. Sie kamen aus vollem Halse schreiend zurück. »Walfischfänger und der kleine Schühß sind das! Walfischfänger kann mit seinem Bein nicht hoch! Ihr sollte das Siel erst zumachen, daß ihr die ‚Goodewind' mit dem Strom abfangen könnt! Ihr sollt man bloß die Kähne vom Bollwerk nehmen, sie können doch die Fahrt nicht aus dem Schiff kriegen!«
Es war solch ein Durcheinander, als wenn ein Stier in eine Hochzeitsgesellschaft geraten wäre. Der Amtmann ließ schließlich mit den Pferdepeitschen zwischen die Weiber schlagen, daß Ruhe würde. Wenn ein schweres Schiff mit ungenügender Bemannung vom Wind in einen Hafen gedrückt wurde, so hieß es aufpassen. Das Siel schloß sich so weit, daß man es noch regieren konnte, und hinter der verengten Öffnung der schweren Torflügel staute sich das Wasser auf. Die Fischer polterten in ihren Kähnen und räumten das Bollwerk. Petermanns Jolle geriet drüben natürlich auf Schlick und lag eine Zeitlang quer ins Tief hinein. Ein Gebrüll und ein Gelache war wie auf dem Schützenfest in der Stadt. Ein Kahn nach dem anderen wriggte der »Goodewind« entgegen, deren Mast jetzt schon hinter den grünen Ufern sichtbar heranrückte. Die Burgleute standen auf dem Bollwerk für die Taue und am Siel für die Schleusentore bereit, und der Amtmann drohte dem Weibervolk, das auf dem Deich völlig außer Rand und Band war, die schrecklichsten Folgen an, wenn sie nicht oben blieben, sobald die »Goodewind« gegen das Bollwerk schor. Es war alles gleich, der kleine Schühß brachte die »Goodewind« ein!
Und dann bog das große schwarze Schiff wirklich um den letzten Ufervorsprung. Auf Deck arbeiteten zwei junge Fi-

scher, denen es gelungen war, während der Fahrt zu entern, am Segel und rissen es herunter. Vorn aber auf dem dicken Balkenwerk des einwärts gebogenen Buges stand wahr und wahrhaftig der kleine Schühß schlank und aufrecht, das schwere Tau mit der Schlinge wurfbereit in der Hand, wie ein alter Seemann. Der ganze Hafen gellte von Jubel und Hallo. Fischerkähne hingen am Bootshaken auf der Wasserseite der »Goodewind«, zwei Nachen wriggten schief gelegt wie toll nebenher, alle Gesichter starrten rot und mit aufgerissenen Mündern zu dem Jungen empor, aber in dem allgemeinen Getöse hörte man überhaupt nicht mehr, wer eigentlich schrie. Vom Siel her tuteten sie mit den Burghörnern; es war das Herrlichste, was man sich denken konnte.
Genau da, als man die »Goodewind« nach der Drehung von vorn sah, winkte der Amtmann mit dem Federhut, und zwölf Männer warfen sich am Siel ins Gangspill. Das innere Tor wurde wieder ganz aufgewuchtet, und die aufgestaute Wassermasse schoß torfbraun und brausend der »Goodewind« entgegen. Das half schon etwas, aber freilich noch längst nicht genug. Jetzt mußten sie am Bollwerk aufpassen. Keine Sorge, auf der »Goodewind« hatte der Alte auch schon vorgerichtet, was möglich war, und auf den Jungen vorn war Verlaß.
Als Walfischfänger dicht an den Anfang des Bollwerks steuerte, warf der kleine Schühß, der vor Anspannung noch keinen Blick in den Hafen getan hatte, das schwere Tau über den ersten Pollerpfahl. Es glückte. »Wahrschau!« brüllten alle Männer, als das Tau ausfuhr, sich knarrend straffte und mit einem peitschenden Knall zersprang. Drei Mädchen, die natürlich schon wieder unten gewesen waren, saßen quietschend am Boden, aber es hatte ihnen durch die dicken Röcke weiter nichts getan. Das Bollwerk ächzte und schwankte. Der kleine Schühß aber, dieser Teufelsjunge, hatten den Männern schon das zweite Tau zugeworfen, und als

die »Goodewind« mit ihrem schweren Leib gegen das Holzwerk krachte und scheuerte, kam die Fahrt ganz aus dem Schiff heraus. Da lag es nun wie sonst am Ufer! Das Jubelgeschrei verebbte. Alle sahen auf die drei Heies, die steifbeinig an Bord stiegen. Junge, Junge, das hatten die nicht mehr erwartet!

Die drei schritten ungelenk einer hinter dem andern auf den alten Walfischfänger zu, der seelenvergnügt beim Ruder platt an Deck saß und sein krankes Bein rieb. Einer nach dem andern gab ihm mit derselben Bewegung stumm die Hand. Der Alte grinste in seinen weißen Kranzbart. »Heie, dein' Schnaps und dein' Tabak habe ich unten aber von selber schon gefunden. Und daß du's man weißt: der Junge hat das beste dabei getan!«

Da der Amtmann sich jetzt kurz entschlossen und mit einer runden Hoppsbewegung ebenfalls an Deck begab, weil man ja sah, daß der Walfischfänger nicht gut an der Reling aufziehen und Bericht erstatten konnte, so packte den alten Heie doch wieder hier bei den kleinen Leuten die Unruhe vor der Obrigkeit. Und der Riese beugte sich so rasch zu dem Alten herunter, als wenn das Großsegel aus Versehen von oben käme. »Walfischfänger«, flüsterte er, »die vielen Unterhosen hier sollen sich nicht einmischen. Du weißt, daß die ‚Goodewind' zu einem Drittel dir und dem Jungen zugehört als strandtriftig, und ich will das von mir selbst gesagt haben!«

»Ist gut, Heie«, sagte der Alte, und dann war auch schon der Amtmann über die Taue und Blöcke hinweggestiegen, mit denen der kleine Schühß draußen den schweren Segelbaum regiert hatte, und die drei Männer steckten die Köpfe zusammen. Die Söhne klarten umständlich an Deck auf, nachdem sie die zwei Hafenfischer fortgewiesen hatten.

Der kleine Schühß aber stand noch immer unbeweglich vorn auf der Back. Die Stille nach dem großen Ereignis war zum Verzweifeln! Was sollte er jetzt bloß tun, so daß es paßte!

Wenige Klafter von ihm entfernt und jetzt bei dem absinkenden Wasser schon fast in gleicher Kopfhöhe mit ihm drängten sich die flachshaarigen Jungen und Mädchen und die Frauen. Der ganze Ort stand da und starrte. Der Kleine schaute nicht hin, aber ihm war, als sähe er genau all die aufgerissenen hellen Augen und hörte die offenen Münder keuchen. Tatsächlich scharrten nur die Holzschuhe ab und zu auf dem Bohlenwerk, und sobald ein kleiner Knirps etwas sagen wollte, stießen ihn die anderen mahnend an.
Zweimal kamen die jungen Heies beim Arbeiten dicht an den kleinen Schühß heran, erst der eine, dann der andere, und jedesmal mit derselben Bewegung. Aber sie sagten nichts, sondern pufften den Jungen nur in den Rücken und grinsten. Schühß drehte sich jedesmal trotzig weg. Die blieben hier an Bord, die Glücklichen! Und er mußte wieder unter die kleinen Leute!
Plötzlich fühlte sich der kleine Schühß mit unwiderstehlicher Gewalt von hinten gepackt und hoch und immer höher in die Luft gehoben. Er kniff die Augen zu. Ein Dunst von Tabak und verschwitzter Wolle schlug über ihn, und dann fühlte er sich an die Brust des riesigen, unnahbaren Schiffers Heie gepreßt, und eine stachelige Backe rieb sich an seinem Gesicht.

»Kiek, de lüttje Schühß!« jauchzten die Kinder an Land. Der Pastor aber, der ebenfalls von der Küste kam und plötzlich wußte, was sich gehörte, stimmte gewaltig das Lied an, das jetzt im Dezember sowieso überall gesummt wurde und das ihm bei diesem Anblick unwillkürlich in den Kopf kam: Ein Kind ist uns geboren heut. Und da war keiner, ob klein oder groß, der nicht verstand, daß der Pastor in dem kleinen Schühß ein Gleichnis sah für das wunderbare Kind, das die große, schwere Welt in den himmlischen Hafen bringt. Und alle waren des großen Singens froh, das diese Geschichte für den Hafen würdig abschloß.

Zwischen dem kleinen Schühß und der »Goodewind« und den Heies aber schloß jetzt natürlich nur das erste Kapitel ab. Sie machten das bei der großen Erregung, in der sie ja nun doch alle waren, wie richtige Fahrensmänner ohne viel Redensarten. »Hier vorn ist 'ne Koje für 'n Jungen frei«, sagte der alte Heie, »und Oll Walfischfänger kann sich jetzt die Ruhe vergönnen!« Der junge Heie aber nickte und sagte: »Wir haben gerade noch Zeit, mit dieser Tide in Petermanns Jolle rauszugehen und den Anker zu holen.«
So endet die Geschichte von dem kleinen Schühß.

DAS WRACK DES RAUBSCHIFFS

Im Hochsommer des Jahres 1584 erhielt der junge Kämmereirat Ludger van Dorp von der Regierung der Grafschaft Ostfriesland den geheimen Auftrag, sich nach der Wasserburg in Greetsiel an der Emsmündung zu begeben. Zusammen mit dem dortigen Drosten Uko Fengo sollte er unverzüglich Schritte unternehmen, um den Goldschatz auf dem Wrack der kürzlich an der Küste gescheiterten »Gelbfink« möglicherweise zu ermitteln und zu bergen. Das Wrack läge auf der Außenseite der Insel Juist und sei bei dem gegenwärtigen beständigen Sommerwetter vielleicht noch nicht von der See zerschlagen und eingesandet.

Auf der »Gelbfink« hatte der berüchtigte Seeräuber Barthold Entes vierzehn Jahre lang die Nordsee unsicher gemacht. Jetzt endlich war das unselige Schiff bei dem Versuch, sich von der Küste freizusegeln, vom Gewittersturm auf die Außensande gesetzt worden. Dem Auftrag an Ludger lag die Niederschrift des peinlichen Verhörs der zwei Raubgesellen bei, die als einzige Überlebende der Brandung und dem Triebsand entronnen waren. Nach ihrem Zeugnis sollte der Barthold Entes immer zwei grüne, eisenbeschlagene Fäßchen in einem geheimen Versteck unter der Kajüte der »Gelbfink« mitgeführt haben.

Selbst wenn der Schatz auf dem Wrack bereits Strandräubern in die Hände gefallen sei, müsse sich das Raubgut noch auf der Insel vorfinden und sei für die Regierung zu beschlagnahmen. In dem Drosten Uko Fengo werde der van Dorp einen erfahrenen Helfer finden. Es möge eilig, aber doch mit aller Vorsicht gehandelt werden. Man müsse möglicher Bosheit der Insulaner, der Elemente, ja sogar der höllischen Mächte gewärtig sein. Denn von Barthold Entes sei immer erzählt worden, daß er sich, wenn auch wohl nur auf die rohe

Art der Seeleute, auf Zauberkünste verstanden habe. Auch scheine es mit der Gegend, wo die »Gelbfink« schließlich elend gestrandet sei, eine besondere Bewandtnis zu haben. Denn der Entes habe nach dem Zeugnis seiner Leute von allen gefährlichen Küstenstellen einzig diese Sande vor Juist allezeit ängstlich zu meiden gesucht.
Ludger war noch jung genug, um von diesem abenteuerlichen Auftrag nur angenehm erregt zu sein. Im Hochsommer lockten an der Küste ohnehin schon alle Horizonte verheißungsvoll verschleiert zum Vordringen in die Weite. Es war für den Kämmereirat auch ganz selbstverständlich, daß seine junge Hausfrau, die schöne Alta, ihn begleiten würde.
Die Frau war allezeit so unternehmungslustig und furchtlos gewesen, daß es Ludger befremdete, sie beim Gedanken an diesen Ausflug bedenklich zu finden. »Wenn es diesen Schatz überhaupt gibt«, sagte sie, »so ist er auf eine greuliche Art zusammengebracht worden. Und ein noch größerer Räuber hat die Piraten von ihm weg in die Tiefe hinabgerissen. Mir scheint zu vielfältiger und zu finsterer Sinn an diesem Wrack zu hängen.«
»Wir sollen aber doch jedenfalls nur am hellen Tage aus einem zerstörten Holzbau zwei grüne Fäßchen in Sicherheit bringen«, lachte Ludger.
»Vergiß nicht«, sagte Alta, »was im Dunkeln sein Wesen treibt, kann von dorther wohl zu uns ins Helle sehen, aber man sieht nicht vom Hellen ins Dunkle! Ganz sicher ist mir jedoch dies eine, daß ich meinen liebsten Menschen nicht allein an der Grenze hinreiten lasse, nachdem er mich so schön durch die Sonne geleitet hat!«
»Du wirst also Wache stehen und die alten Heidengespenster der Nordsee fortwinken, während der Bullendrost und ich nach dem Fäßchen suchen«, beschloß Ludger vergnügt.
Er und Alta waren durch ihrer beider Schönheit, tapferen Sinn und Gelehrsamkeit ein berühmtes Brautpaar gewesen.

Die Briefe, die sich die beiden geschrieben hatten, schätzten erfahrene Humanisten später als den klassischen Liebesdichtungen des Altertums fast ebenbürtig. In den wenigen Monaten, die sie bisher als Eheleute verlebt hatten, war ihnen jeder Tag als ein tiefberuhigtes und vollkommenes gegenseitiges Schenken vergangen. »So übergroße Gunst des Schicksals«, sagte Alta tapfer, »kann nur gewährt werden, solange man jederzeit zu bedenkenlosem Aufbruch bereit ist.«

»Du hast wohl gar keine Befürchtungen, daß ich dich im Schloß von Greetsiel mit einem Blumenstock auf der Fensterbank einsperren lasse, während wir auf der Insel sind?« lachte Ludger mit dunklerer Stimme, als sie zu Pferde stiegen und sich freundschaftlich anblickten. Alta trug ein weißes Samtbarett, an dem sie einen schweren, uralten Goldtaler befestigt hatte. »Die Heidenmünze steht der zauberkundigen

Frau gut«, nickte Ludger, »wenn wir jetzt nach Norden hin bis fast über den Rand der Welt vordringen müssen!«

Als sie gegen Abend anritten, begleitet vom unermüdlichen Quarren der Frösche vor dem Seedeich, lag vor ihnen die Wasserburg von Greetsiel in sommerlichem Traum. Das Schloß stieg klobig mit grünverschlammten Backsteinmauern und runden, verwitterten Ecktürmen aus dem Wasserspiegel der Gräben. Der Drost Uko Fengo traf mit seiner lärmenden und lustigen Tatkraft unverzüglich großartige Vorbereitungen für die Schatzsuche. »Jählings und vollständig wie der Kirchturm auf den faulen Glöckner schließlich selbst herunterkommt, müssen wir Wrack und Insel zudecken«, lachte er dröhnend.

Der Drost war ein Trumm von Mann. Früher, als ihm sein Bauch die Sicht auf die Füße noch nicht so sehr verdeckte, hatte er manche Fahrt gegen die Seeräuber unternommen. Uko hatte das herzhafte Mißtrauen aller Tiefwasserkapitäne gegen die Wattenküste, wo die ordentliche Grenze zwischen Wasser und Land sich ständig über Meilen nutzlosen Bodens heran- und zurückschob. Er verachtete die Inseln draußen, die nichts als Bänke treibenden Sandes seien, und hegte gegen jeden Menschen Argwohn, der sich in der nur noch halben Wirklichkeit zwischen Himmel, Wasser und Sand aufhielt. Die sonnendurchglühte Frau Alta aber schien auch ihm genau so selbstverständlich zu diesem gewaltsamen Unternehmen zu gehören, wie die Traumfrau zu den wilden Phantasien unserer Kindheitsnächte.

»Natürlich muß die Frau dabei sein«, polterte er. Ludger fragte nach den amtlich erwähnten höllischen Mächten. »Es gibt manches bei uns hier draußen«, meinte der Drost. »Es mag auch Spuk geben — warum denn nicht?« Immer fröhlicher dröhnte seine sichere Stimme. »Es kommt ja auch vor, daß mir plötzlich hier auf der Burg ein Stück Mauer in den Graben rutscht. Aber deshalb schlage ich doch als der Bullen-Droste dem Maurer einen Krach, daß die Engel im Himmel das heitere Grinsen kriegen!«

Sie fuhren am nächsten Vormittag auf einer flachen Schute mit dreißig Knechten unter Ausnutzung des Ebbstromes gemächlich zu der Insel hinüber, die als ein weißer Strich im Norden auf dem Horizont lag. Die weite Sandfläche, die auf der anderen Seite der Insel bis zum Wrack hin trocken war, wollten sie anderntags auf Pferden überqueren. Die Kämmereiverwaltung hielt eine Menge davon auf der grasigen Insel, wo sich die Tiere in Freiheit vermehren konnten.

Noch am Abend der Ankunft wurden die Knechte in Postengruppen zur Bewachung über die Insel verteilt. Vor allem ließ der Drost sofort alle Schaufeln und Spaten beschlagnahmen. Auf der Insel schien sich aber merkwürdigerweise niemand darüber aufzuregen.

Am nächsten Vormittag ritt nur der kleine Trupp der Anführer zu den Seedünen hinauf. Um notfalls das Geheimnis des Schatzes zu wahren, hatte der Drost außer dem Inselvogt, einem fleischigen, etwas geflissen gesprächigen Mann, einzig noch einen Pferdejungen befohlen, der hinterherzulaufen hatte.

Der Ritt zum Wrack sei völlig ungefährlich, versicherte der Vogt mit demütigem und trotz der frühen Stunde bereits schweißblankem Gesicht. Er wiegte sich, beide Beine links herunterhängend, mit häßlicher Bequemlichkeit auf seinem Gaul und schwatzte. Von der Insel aus seien Bengel wie der Pferdejunge schon mehrmals draußen gewesen. Die Brandung habe das Schiff völlig ausgeräumt.

»Ja, eure hiesige Nordsee ist so umsichtig und schließt sogar das Tauwerk noch auf, ehe sie es euch zum Abholen hinlegt! Sie hackt jeden Kupferbolzen sauber aus den Planken, daß ihr nichts könnt als staunen, wenn ihr mal hinkommt. Aber ihr macht euch ja auch gar nicht erst die Mühe«, knurrte der Drost. Zwischen seinen Beinen quälte sich das zottelhaarige kleine Inselpferd unter der übergroßen Last im Sand aufwärts. Ludger und Alta lachten gutgelaunt. Der barfüßige häßliche Pferdejunge schob sich ohne irgendein Zeichen der Anteilnahme hinterher. Die Sonnenglut prallte von den Sandhängen, und es war fast windstill.

Von der Höhe der Dünen aus sahen sie das Wrack ganz winzig und fern auf der grenzenlosen Sandfläche liegen, die von der noch laufenden Ebbe ständig weiter hinaus bloßgelegt wurde. Der schwarze Gegenstand schien durch die Spiegelung der Luft ein Stück über dem blanken Wasser zu hängen.

»Alles hier draußen sieht nur öde und gar nicht geheimnisvoll aus«, sagte Ludger und trieb sein Pferd auf den Strand hinunter. Aber Frau Alta fühlte doch einen leichten Schauder beim Anblick der Grenzenlosigkeit nach drei Seiten hin.

Als die Reiter unten über die breite Sandfläche vorwärtsstrebten, überfiel sie die ungeheure Leere vor aller bewohnten Welt wie eine plötzliche Eingeschlossenheit. Eine unermeßlich weite, aber glasklare, unsichtbare Kuppel hatte sich jetzt in allen Fernen rings auf den Horizont gesenkt. So ritten sie schweigend über flache Sandrücken. Die Sonne gleißte hoch oben. Unter dem düsterblauen Himmel schien das Licht wie ein Schatten zu drücken. Das Wrack lag bald merkwürdig groß und drohend vor ihnen. Mit dem steil hinaufgebauten Vorder- und Achterschiff glich es einem verdächtigen Sichelmond, der nach langem, flachem Dahintreiben im Luftmeer endlich dort draußen gestrandet war.

Nach einer ganzen Stunde Reitens schien es immer noch nicht, daß sie dem Wrack überhaupt nähergekommen waren. Aber die Insel hinter ihnen war jetzt zu einem ganz niedrigen Dünenwall zusammengesunken und fast unwirklich geworden.

Hier trafen sie auf einen breiten, flachen Priel, in dem das Wasser mit hartem Plätschern seewärts floß. Der Inselvogt warnte vor den grauen Triebsandstrichen. »Bis hierher haben wir damals einen Menschen aus dem Schiffbruch noch kommen sehen, der sich landwärts retten wollte«, erzählte er. »Aber wer das nicht kennt, sackt an solchen Stellen plötzlich mit den Beinen ins Bodenlose hinab. Und dann langt sofort der große Krebs herauf!« Diese Mitteilung hörte sich bösartig an, wie das Geschwätz des Priels auf dieser verdächtig leeren Oberfläche. Der häßliche Pferdejunge blickte warnend zum Vogt hinauf.

»Selber Krebs«, schnauzte der Drost, den plötzlich die Wut gepackt hatte. »Erzähl das der Obrigkeit, daß ein Krebs, groß wie unser Scheunendach auf der Burg, damals von unten nach der ‚Gelbfink' gelangt und sie am Kiel festgehalten hat, bis die Ebbe gelaufen kam. Und wenn wir das Wrack jetzt leer finden, ist der Krebs letzte Nacht dagewesen«, lachte er lärmend.
»Pfeift euern Krebs doch herauf!« rief Ludger im plötzlichen Gefühl einer schimpflichen, unsichtbaren Bedrohung. Frau Alta aber strich sich über die Augen. »Wenn in dem eisenschweren, fließenden Sand wirklich etwas sein Wesen triebe«, schauderte sie, »wo noch den Wassergeschöpfen der Atem ausgehen müßte, wie uns Luftwesen im Wasser . . .«
»Zurück von der Dame, Lümmel!« brüllte der Drost dazwischen und peitschte dem Jungen einen Gertenhieb über Kopf und Schultern. »Euch Strandräuber halte ich jedenfalls fest, bis mir euer großer Krebs die Stiefelsohlen emporkantet!«
»Wenn er hier unten durch den Sand schießt«, rief Ludger erbittert, »so scheint er jetzt auch das Wrack immer weiter von uns wegzuschieben. Halt doch, wir kommen!« Er stieß einen gellenden Jagdruf aus. Die Stimme verhallte sofort, als würde sie von der leeren Luft verschluckt.
Frau Altas helle Augen schimmerten erregt aus dem Schatten ihres Haares. »Nun hast du über die Grenze weg gerufen«, warnte sie mit ihrer schwingenden, etwas rauhen Stimme. »Schaut auf mich!« rief sie plötzlich mutwillig über die Sandfläche. Sie strich vor Ludger mit der Hand durch die Luft, löste die goldene Heidenmünze von ihrem Barett und hatte sie schon weit auf den Triebsandstrich hinausgeschleudert, ehe der Mann überhaupt begriff, was sie vorhatte. Das blinkende Ding verschwand sofort. Der Pferdejunge drehte den Hals begehrlich.
»Jetzt laßt uns aber die Pferde endlich in das einzige Stück Schatten hier draußen bringen«, mahnte der Drost. Als sie,

dem Triebsand weithin ausweichend, durch den Priel getrabt waren, schien das Wrack plötzlich rasch näherzukommen. Der Junge schob sich in zunehmenden Abstand hinter den Reitern her.
Am Priel schien es wieder ganz einsam zu sein. Das Wasser plätscherte unablässig seewärts. Es wich dem Wrack in einem weiten Bogen aus. Hin und wieder brachen Stücke von der steilen Sandkante in die eifrigen Wellen hinein. Einem fremdartig finsteren Mond noch ähnlicher als vorher lag nun im Norden das Wrack und schien die Menschen zu verschlingen, als sie dicht herangekommen waren.
Eine Stunde später geschah auf dem Wrack das unbegreifliche Unglück mit Frau Alta. Immer wieder tauchten über der Holzmasse Männergestalten auf, die verzweifelt suchten. Der Priel aber schwatzte die ganze Zeit über. Die Reiter kehrten erst drei Stunden später zurück, als die ölglatt wiederansteigende Flut den Spiegelrand ihres seichten Wassers schon wieder in die abfließende Rinne vorgeschoben hatte. Der Himmel war jetzt bleich. Die Menschen kamen in wilder Hast durch das aufspritzende Wasser zurückgejagt und machten hier am Rande Halt. Der Junge hockte jetzt auf Frau Altas scheckigem Pferd.
»Das Wasser will uns überholen«, keuchte der Drost. Der Inselvogt bestätigte es mit grauem Gesicht. Die Flut spülte auch hier schon um die Beine der Pferde. Wo war Frau Alta? Ludger konnte sich von dem Anblick des finsteren Mondgebildes nicht losreißen, das doch sein Liebstes bergen mußte. »Drost«, schrie er, »seht euch das verfluchte Ding an! Es war doch nichts drin, nicht ein einziger loser Gegenstand — ha, nur diese kupferne Muschel — in den Triebsand mit all dem Heidengelump!« Damit schleuderte der Verzweifelte einen schweren, grünen Gegenstand von seiner Faust ins Wasser. Aber der Junge rutschte sofort mit beiden Beinen von seinem Gaul, tastete sich langbeinig in den Priel vor und fischte das

Ding wieder heraus. Es war ein offener, kugeliger Klumpen aus Metall. Man konnte mit einem bequemen Griff hineinfassen. Frau Altas Pferd schnaubte wild, als der Junge zurückkam.

»Das Wasser kommt«, mahnte er. Es klang wie eine scheußliche Vieldeutigkeit.

»Jetzt bricht auch gleich noch der Himmel herunter«, schnauzte der Drost. »Aber eure Frau kann doch unmöglich noch dort sein!« Er verschluckte, was er noch von dem Triebsandloch sagen wollte, das sie unterm Schiffsboden entdeckt hatten. Jedenfalls übernahmen die Pferde jetzt die Führung. Als der Junge kaum wieder über dem Schecken lag, scheuten alle Tiere zugleich und preschten zurück.

Als sie wieder auf trockenen Sand gekommen waren, machten sie noch einmal halt. Winzig und schon ganz fern lag jetzt das Wrack auf der grenzenlosen Spiegelfläche seichten Wassers.

Der Inselvogt und der Junge hielten ein Stück abseits von den Beamten und steckten die Köpfe über der kupfernen Muschel zusammen. »Der Entes muß es aus der Ostsee mitgebracht haben«, sagte der Vogt. »Daß wir so ein großes Ding die beiden Male nicht gesehen haben«, wunderte sich der Junge und machte kurz darauf eine Bewegung, als ob er sich ärgerlich auf die Lippe bisse.

Auch die beiden Herren berieten jetzt über den unerhörten Vorgang. »Ein Mensch kann doch nicht am hellen Tage spurlos durch einen dreizölligen Schiffsboden verschwinden«, beharrte der Vogt. »Mann, Mann, an Spuk denken wir erst, wenn wir nach der nächsten Ebbe den letzten Balken da aus dem Verband gebrochen haben!«

»Die Falltür!« stöhnte Ludger. Sie hatten die engen Hohlräume unter der Kajüte durchstöbert. Durch Risse und große Lücken in der Plankenhaut war an manchen Stellen ein grünliches, zitterndes Licht gekommen, denn das Wrack lag wegen seiner Schwere in einer wassergefüllten Mulde. Immer wieder stand in Ludger quälend die Erinnerung auf, wie Frau Alta ihm voraus in einen engen Niedergang getaucht war. »Hier ist ja eine Falltür!« hatte er sie noch rufen hören. Nur sekundenlang sah er, wie die Frau, zwischen dem Gebälk hockend, eine Falltür aufhob und in grünes Licht hinabschlüpfte. Dann wurde es dunkel, und nur noch der dumpfe Laut hallte nach, mit dem die Tür zuschlug.

Damit hatte das Entsetzliche begonnen. Ludger fand unten nur eine fest in den Boden gefügte, dunkelblanke Holzplanke. Da war nirgends eine Tür, die sich öffnen ließ! Sie leuchteten jeden Winkel drinnen ab und suchten draußen am ganzen Schiffsboden entlang. Aber nirgends war ein Durchgang zu sehen, und es konnte auch kein Raum im Schiff unter der unheimlichen Holzplatte liegen, die fest wie Metall allen Angriffen widerstand. Nur im Finstern zwischen dem Gebälk griff Ludger plötzlich den kupfernen Hohlklumpen. Und je öfter sie auf die Holzplatte starrten, um so grausiger wurde ihnen das Spukhafte des ganzen Vorganges bewußt. Denn mit jeder Stunde, die verging, zeichnete sich in der Maserung des blanken Holzes deutlicher der Umriß einer Frauengestalt ab, verschwimmend und wie in tieferen Schichten des Holzes wachsend.

»Die beiden Insulaner ahnen etwas«, flüsterte der Drost, die Augen rot vor Wut. »Scher dich herunter und führ diesen Gaul!« brüllte er den Jungen an.

Aber die Wasserfläche schob sich schon wieder heran, und nun flüchteten sie bis auf den Strand zurück. »Sie hat das im Übermaß ihrer Liebe auf sich gezogen, damit ich entkommen sollte«, flüsterte Ludger heiser vor sich hin.

»Jetzt werden wir uns die Insel vornehmen, und das Wasser kann ruhig kommen und zusehen«, gelobte der Drost. »Von höllischen Mächten gibt es Schatten und Geräusche, und es stinkt feindlich. Das hier ist doch bloß ein entsetzlicher Unfug!«

Alles um die Männer her war so unglaubhaft und beklemmend, daß sie sich immer wieder anschauten, ob sie nicht träumten. Aber die ledige Schecke Frau Altas war schreckliche Wirklichkeit! Die Sonne stand schon niedrig. Gelbes, schief einfallendes Licht füllte die ungeheure Leere des Gewölbes unter dem Himmel. Vor ihnen schob sich das spiegelglatte Wasser, als wäre es noch nicht ganz bereit, in langen Zungen über den Sand heran. Sie wendeten die Pferde schließlich auf die Dünen zu, die nun hoch und fast wie vertraut in die Luft ragten.

Von zwei Stellen herunter kam jetzt eine Gruppe von Knechten. Da drängte der Inselvogt sein Pferd in die Nähe des Drosten. Er bat die zornigen Beamten, nicht allzu stürmisch auf die armen Leute loszugehen. Sie wüßten auf der Insel von solchen Geschichten auch nicht mehr, als daß sie sich eben manchmal ereigneten. Die »Gelbfink« sei doch des Barthold Entes Schiff gewesen!

Der Drost verbot ihm schreiend jede Einmischung in die Maßnahmen der Obrigkeit. Aber Ludger schien es plötzlich in der Hellsichtigkeit seiner großen Liebe zu Frau Alta, daß der häßliche Junge von ihnen allen der einzige war, der auch jetzt noch an einen möglichen Ausweg aus diesen gespenstigen Umständen dachte. »Du, was denkst du, was man tun kann?« zwang er sich, ganz ruhig zu fragen.

Aus dem kargen Gerede des Jungen und den eifrigen Erläuterungen des Inselvogtes ergab sich, daß im Dorf eine Art Hexenmeister lebte. »Es ist der Großvater dieses Bengels«, speichelte der Vogt. »Solange unsereiner sich erinnern kann, liegt er wie ein altes, großes Roß gelähmt oder auch nur völlig faul und rührt sich nicht aus dem Bettschrank.« Ludger erlangte schließlich von dem tobenden Drost, daß er vor dem Beginn amtlicher Schritte mit dem Alten reden durfte.

Aber der Drost lagerte sich mit zehn Knechten vor der Hütte. »Ich gebe euch eine halbe Stunde Zeit«, sagte er. »Dann

fange ich auf meine Art an, solange mir der Spuk auf dieser häßlichen Insel die Zeit läßt!«

Der Junge tappte vor Ludger her durch die Finsternis eines Hausganges in eine niedrige, verwahrloste Stube. Es war ganz still darin, obwohl überall Fliegen herumsaßen. Durch verschmierte kleine Fensterscheiben drang der Schein der untergehenden Sonne und überzog wie ein goldenes Geflecht eine Tonschale auf der Wandbank. Gegenüber sah der Kämmereirat hinter der offenen Tür des Schrankbetts eine riesenhafte Männergestalt unbeweglich liegen. Der häßliche Junge verschwand in einer dunklen Ecke. Ludger begann zu sprechen, aber der Kranke regte sich nicht.

Doch sprach Ludger immer weiter aus einem sicheren Gefühl heraus, daß alle gewöhnliche menschliche Klugheit in dieser Sache nur irreführen würde. Es schien ihm auch auf merkwürdige Art, als würde hier manchmal genau auf alles geachtet, was er sprach, ja, als würde schon beobachtet, was erst nur als Bild in seinem Innern entstand. Zeitweise freilich schien wiederum völlige Gleichgültigkeit zu herrschen gegenüber seinem Anliegen.

»Es scheint, daß hier ganz andere und wohl uralte Dinge vor sich gehen, in die wir Unvorsichtigen heute nur zufällig geraten sind«, dachte Ludger. Kaum hatte er angefangen, sich an die seltsame, kupferne Muschel zu erinnern, so streckte der Alte auch schon einen ungeheuren, nackten Arm aus den Lumpendecken. Er öffnete eine Tatze von Hand, als käme jetzt die einzige Sache von Belang. Der häßliche Junge schob sich aus der Ecke hervor und hielt das grüne Ding hin, in dessen Höhlung sich die riesige Hand sofort wie mit einer altvertrauten Bewegung schob. Der Junge bedeutete Ludger mürrisch, daß sie den Großvater nunmehr allein lassen müßten, es sei alles in Ordnung.

Ludger rang gegen die lähmende Gewißheit, daß Altas Aufopferung und seine wilde Not, ja, daß der Drost mit seinen

Knechten draußen und die drohenden Gewalttätigkeiten gegen die Insel nur ein unbarmherziges, umständliches Vorspiel bei dem wichtigen Ereignis seien, daß der gelähmte Alte nun zu dem hohlen, kupfernen Klumpen kam. Und plötzlich riß seine übergroße Liebe den Mann hin, sich unbedenklich mit hinein in all diese Aberwitzigkeit zu stürzen, um nur die Frau nicht zu verlieren. Er warf sich roh in die Öffnung der Bettstatt und riß dem Kranken unversehens das kupferne Ding wieder von der Hand. »Ich schmeiße es durchs Fenster zu dem Drosten hinaus, wenn ich die Frau nicht suchen kann«, flüsterte er.
Der Alte starrte ihn mit Augen an, deren Weiß in der Dämmerung wie gekalkter Stein aussah. Dann nickte er gleichgültig und streckte die Hand wieder aus. Und Ludger gab den Klumpen zurück, obwohl ihm sein Herz vor Zweifel zerspringen wollte.
Der kranke Riese ruckte mit dem Kopf, und der Junge schlich hinaus. »Ist denn die halbe Stunde des Drosten nicht schon längst vorbei?« wunderte sich Ludger. Täuschte ihn seine Erinnerung oder lag das goldene Geflecht der Abendsonne immer noch auf derselben Stelle der Wandbank, auf der Tonschale. »Ich bin eins mit Alta, und nur dies eine braucht mich zu kümmern.« — Wie ein brausendes Singen ließ Ludger immer wieder dieselben Worte sein Inneres erfüllen in diesem Moment völliger Sinnlosigkeit der Welt.
Der Riese brach von dem dünnen, mürben Metallrand mit geschicktem Ruck einen geschlossenen Ring herunter. Ludger verstand den flüchtigen Wink und streifte den Ring über den Arm. Ohne Wort mußte hier gehorcht werden. Der Alte war jetzt ganz beweglich geworden. Er begann, die Lumpen und das Stroh seines Lagers in die Stube zu werfen. Ludger erspähte durch die Öffnung trotz der Dunkelheit drinnen den Schimmer eines blanken, gemaserten Holzbodens. Schon drängte der Alte seinen Körper schwerfällig heraus, so daß

Ludger zurücktreten mußte. Der Kerl war halb entblößt und über die Maßen groß. Er schien drinnen eine Falltür zu öffnen. Ludger wurde von ihm überhaupt nicht beachtet. Hohl und listig vor sich hinpfeifend, als sei er ganz von einer ungeheuren Aufgabe erfüllt, zwängte sich der Riese plötzlich wieder hinein und verschwand niederwärts.
Ludger folgte ihm sofort. Er löste sich von allem Wissen, daß er sich hier in ein gänzlich unbekanntes Reich wagte, in dem zufällige, für Menschen unerkennbare Vorgänge dem Eindringling Leib und Seele auseinanderreißen konnten, wie ein achtloser Fuß einen weichen Wurm zerwischt. »Eins bin ich mit Alta«, sang Ludger in sich, als er in bodenloses Dunkel niederschwebte.
Erst war alles nur eine dichte Schwärze, in der er schwamm, als trüge ihn das Gestaltlose hier unten. Aber bald begann es aus der Tiefe grünlich zu schimmern. Ludger erkannte allmählich den Umriß des Riesen unter sich, der mit großen Bewegungen wie in einen Brunnen hinabstieg. Die merkwürdige, tragende Luft erschien Ludger, als es immer heller wurde, körnig und fließend. »Wir steigen im Triebsand ab«, dachte er und mühte sich, den Führer nicht zu verlieren. Grundlos schien die Tiefe zu sein, aber zugleich wurde es immer heller.
Nach langer Zeit schien in der fließenden Gestaltlosigkeit unten weit seitlich von ihnen ein kleiner, schmaler Schatten ihnen entgegen heraufzukommen. Dann sah Ludger, daß dieser schwebende Körper einer schlafenden Gestalt glich. An den Blasen, die manchmal von ihr aufperlten, erkannte er schließlich, daß auch diese Erscheinung, nur langsamer, nach unten sank. »Es ist Alta«, sagte ihm sein Herz mit wildem Pochen.
Aber gerade da wandte der Riese sein Gesicht empor und schüttelte warnend den Kopf. Ludger verstand, daß erst noch etwas anderes tief unten zu geschehen habe. So strebte er

weit neben der schlafenden Frau vorbei, deren Gesicht er deutlich zu erkennen meinte. Alles Denken hielt Ludger im Zaum, um die Frau nicht zu wecken. Ach, sich nicht einmal nach ihr umzusehen, dünkte ihn die schrecklichste Probe seiner Standhaftigkeit zu sein. Unablässig ging es weiter hinab. Immer heller und unruhiger webte aber das bleichgrüne Licht jetzt von unten herauf. Der Riese unter Ludger schien fortwährend an Wuchs gewaltiger und schöner zu werden, bis er einem Riesen der Urzeit glich. Der Metallklumpen saß wie ein Handschuh über seiner Faust und ein Riesenzorn schien ihn zu erfüllen, desto deutlicher das Licht in flackernden Stößen nach oben drang. Gänzlich ohne Laut war diese Welt!

Und endlich erschien, zuerst scheinbar noch meilentief in dem grünen Abgrund unten, das Unwesen, dessen Bewegungen dieses gefährliche Leuchten erregten.

Der Riese drehte sich plötzlich und schoß ihm wie ein Taucher entgegen. Aber auch das gepanzerte Ungeheuer kam zum Kampf herauf, und der Riese erschien fast winzig gegen die Kuppelflächen seiner Schalen. Böse Krebsaugen sah Ludger glitzern. Höhlengroß klaffte das Maul unter dem Beben der Lippen und Taster und schreckliche Zangen hieben gierig durch den Brei, der sie alle trug. Mit Entsetzen sah Ludger einen Kampf beginnen, der nach einer Notwendigkeit erfolgen mußte, die keinen Menschen etwas anging. Deswegen hatte das Unwesen wohl jenes Schiff, das die geheimnisvolle Waffe barg, damals auf dem Sand selbst festhalten müssen. Es war von keinem Belang gewesen, daß damals achtzig Piraten ersoffen. Die Herausforderung an den schlafenden Riesen zu bringen, war Ludgers und Altas einzige Aufgabe gewesen, und nichts hatte in all diesem Geschehen ihre übergroße Liebe und ihr kleines Menschenschicksal zu bedeuten. Doch fühlte Ludger, daß sie davonkommen könnten, wenn der Riese jetzt siegte. Wie er kämpfte! Ein ekler, kaltglühender Brei schoß und wölkte sich jedesmal empor, wenn in dem lautlosen Gewühl unten die metallbewehrte Faust durch eine Panzerschale brach.

Endlose Zeit schien es Ludger zu dauern, bis der Riese die Übermacht bekam und das Ungeheuer der Tiefe sich mit zuckendem Widerstreben in die Dunkelheit unten zurückzuschieben begann. In der Hellsicht, die über dem menschlichen Zeugen dieses Kampfes lag, erkannte Ludger, daß es bei einem Streit dieser Art keinen endgültigen Sieg gab. Allezeit muß wohl von Berufenen, die unerkannt und selber unwissend unter den Menschen leben, Wacht gehalten werden an den Grenzen der Welt gegen das Unwesen aus dem Dunkeln.

Als die kämpfenden Gestalten unter Ludger rasch winzig wurden, und Dunkelheit, Kälte und Schwere um ihn zuzunehmen begannen, fühlte der Mann mit jähem Schreck, daß die Frist nur kurz war, in der er sich mit Alta retten konnte. Seine grenzenlose Liebe trieb ihn wieder empor durch unheimlich wachsende Bedrohung. Aber kam er nicht trotz dieser Eile ständig langsamer voran? Als er die Schattengestalt der Frau endlich über sich sah, schien es ihm schon fast unmöglich, sie noch jemals zu erreichen. Verzweifelt strebte er die letzte Armlänge heran.

Aber dann griff seine Hand den vertrauten Körper, und sie drehten sich im langsamen Emporschwimmen durch die Dichte der Dunkelheit. »Daß sie nur nicht zu früh erwacht«, dachte Ludger angstvoll. Er fühlte, wie Alta sich immer heftiger zu winden begann, als käme schon die Erstickungsnot. »Warum fühle denn ich nichts davon?« dachte Ludger. In jäher Eingebung riß er den kupfernen Ring von seinem Arm und zwängte Altas Hand hinein. Und als die schwarze Atemnot nunmehr ihn überfiel, ließ er die Frau los, die sofort hoch- und hinweggerissen wurde. »Dies ist nun mein Tod«, dachte Ludger, als ihm mit einem ungeheuren Brausen und Läuten in den Ohren die Sinne zu vergehen drohten.

»Man muß jetzt Alta vom Wrack holen«, nur dies eine bemühte er sich festzuhalten. »Man muß jetzt Alta vom Wrack holen!« Er rang gegen die lastende Nacht. »Man muß doch Alta vom Wrack holen!«

»Aber wir hören euch ja, bester Herr van Dorp!« War da nicht die tiefe Stimme des Drosten, die Ludger plötzlich beruhigend brummen hörte ? »Sie sind ja schon dabei, die Frau zu holen! Wir müssen doch erst das lausige Boot mit sechs Gäulen über die Düne schleppen! Ihr habt es nun oft genug gesagt, Mann!«

Ludger lag mit geschlossenen Augen still. Die Stimme sollte weiter brummen . . . Wirklich, jetzt war sie wieder da! »Erst dachten wir, ihr redet im Fieber«, dröhnte sie. »Aber dann hat der Zehntschaftskommandant, der ein aasiges Paar von Augen hat, wirklich die Gestalt auf dem Wrack winken sehen. Es geht ja alles klar, Mann! Was hat der alte Sünder da bloß mit euch angestellt, daß wir eure Beine aus dem Bettschrank zappeln fanden, wie ein Frettchen hinten im Kaninchenloch? Ich dachte mir doch gleich, ihr Hauptkerl hab es gerochen, wo der Schatz ist, und dann haben wir unter dem Bettstroh im Sand nachgegraben!«
Es gelang Ludger mühselig, die Augen zu öffnen. Die Abendsonne warf durch verschmierte kleine Fensterscheiben ein warmes Geflecht von Licht auf sein Gesicht und über die Wandbank, auf der er lag. Als er sich regen wollte, knirschten die Scherben eines Tongefäßes an seiner Hüfte. Ein dümmlich grinsender Knecht bückte sich über ihn und hielt ihm die Hände fest, ein anderer Büttel saß Ludger schwer auf den Beinen. Noch zwei Knechte standen mit ihren gezackten Schlagkolben als Wache neben dem Bettschrank. Zwischen ihnen aber schaute das Gesicht des Alten listig zu Ludger herüber. Die ganze Stube lag voll Stroh und Sand. Richtig, da standen zwei eisenbeschlagene, grüne Fäßchen!
Mitten in all diesen Spuren von Gewalttat aber türmte sich wie die leibhaftige Zuversicht die Gestalt des Drosten bis unter die Balkendecke empor. »Gut, daß ich die halbe Stunde nicht abgewartet habe, mein lieber Herr«, nickte er Ludger zu. »Es muß wild hergegangen sein in dieser Strandräuberhöhle zwischen euch und diesem gelähmten, ungefügen Hehler. Wir haben euch ja kaum bändigen können. Aber nun geht alles in Ordnung! Wir haben die Frau wieder, und nun soll ein Männerdreschen auf dieser Insel losgehen, bis auch das letzte Korn herausgefallen ist!«

Noch in dieser Sommernacht hielt der Drost bei Fackelschein im Dorfe Gericht, während Ludger und Frau Alta weit entfernt, wo kein Laut sie erreichte, unter dem mondlosen Sternhimmel auf der Düne standen. »Ich stürzte zwischen das Gebälk«, erzählte Frau Alta. »Und weiß nicht, was geschehen ist, bis mich das eindringende Wasser weckte. In einen riesigen Metallring hatte ich gegriffen. Ich fühlte, daß du mir nahe gewesen warst. Aber mit dem, was wir beide von diesen Ereignissen wissen, wird ja wohl hier draußen vor der Welt längst nicht alles gesagt sein!«

»Es ist schon viel«, sprach Ludger, »daß wir jenseits der Grenzen im Dunkeln waren und daß wir mit unserer großen Liebe auch das überstehen konnten!«

In dem geheimen Bericht, den der junge Kämmereirat Ludger van Dorp bei seiner Behörde einreichte, erwähnte er nichts von den besonderen Abenteuern bei der erfolgreichen Durchführung seiner Aufgabe. Doch erwirkte er, daß die Insulaner straffrei ausgingen und alles Raubgut vom Wrack mit Ausnahme der Geldfäßchen behalten durften, sehr zum Ärger des Drosten von Greetsiel.

»Wenn alles endlich klar ist«, grollte und lachte der streitbare Mann, »aber eine Frau dabei ist, dann kriegt doch immer die schönste Ordnung noch rasch eine Butterblume hinten angesteckt!«

DAS DORF DER TOTEN

Der kleine dürre und heftige Fischersmann Hilbertus aus Modsumersiel galt unter den Gemüsebauern der Marschensiedlung hinterm Deich als ein etwas unheimlicher Kerl. Freilich, wenn man am Sonnabend mit dem Alten und seinem Schiffsknecht Poppo um den großen Tisch in der Trinkstube des Händlers saß, wurden die beiden Fischer behandelt wie ein wahres Gotteswunder der Lügenkunst. Dennoch meinten die Bauern: »Gebt man erst mal rundherum einen Liter aus, damit man eure Spökenkiekereien leichter glauben kann!«

Zwischen Bauern und Fischern an der Küste bestand eine wilde und uralte Gehässigkeit. Wenn das bißchen Grundbesitz manchmal auch nicht viel mehr wert war, als daß die Frau im August vormittags nur ihre Schürze in den Birnbaum zu hängen brauchte, und schon hatte das Kohlfeld genügend Schatten — so lag doch zwischen ihnen eine große Fremdheit, wie in der Wirklichkeit der kühle, breite und hohe Deich. Was die Kerle im Boot draußen trieben, das war doch nie und nimmer eine wohlüberlegte, mühselige Arbeit, und Hilbertus und der lange, krumme und kranzbärtige Poppo hatten doch wirklich keinen Grund zu besonderer Selbstsicherheit! Aber hier nach Feierabend sahen die Seeleute manchmal reineweg zwischen den Bauern hindurch, als säßen sie ihnen nicht direkt gegenüber am Tisch, sondern ganz klein an der Küste von England. Und dabei lagen die beiden doch bloß auf dem Watt vorm Deich herum, die trübseligen Muschelbändiger! Und dennoch spürten die Bauern immer wieder, daß es mit der Überheblichkeit der beiden alten Saufbrüder auch eine geheime Berechtigung haben könnte. Wahrscheinlich lag es wohl darin: Der Bauer wurde mit seiner Arbeit und mit allem ganz allein fertig, und gerade darin

lag seine Mannheit. An Bord eines Schiffes aber hatte das ganze Dasein überhaupt nur Bestand, indem man Kameradschaft unter Männern halten mußte. Und dieses Leben hatte einen Klang in sich wie von alten Heldengeschichten.
Der gespenstige, greise Poppo mit seinen zu Haken gekrümmten Händen saß hier gewiß nicht heldenhaft am Tisch. Er stak eher demütig in seiner speckigen Friesjacke und kam nur selten mit seinen stieren, fast weißen Augen von der Tischplatte weg. Bei der Reglosigkeit des Kerls wirkte es schon als Lebhaftigkeit, daß er so durchdringend nach Schlick und Fischen stank. Aber Hilbertus, als Poppos Kapitän, fand es an diesem Abend plötzlich ungeheuer wichtig, daß die Bauern nun endlich einmal erführen, wie tüchtig dieser alte Seemann immer noch draußen an Bord der »Nixe« sei; unbeschadet aller Überlegenheit des Kapitäns natürlich.

»Damals zum Beispiel, als wir oben über die Häuser der Toten weggetrieben sind und Poppo die Verrücktheit besessen hat, mitten auf ihrer Dorfstraße zu ankern . . .«, nickte Hilbertus vielsagend. Die Bauern schoben den beiden erwartungsvoll die Schnapskruke hinüber. »Ein jeder soll ausgeben, was er hat, wenn man schon beisammen sitzt.« Daß draußen im Wattenmeer uralte Dörfer versunken und versandet lagen, wußte natürlich jeder hier am Tisch. Und wenn es mit dem Ackerbau zusammenhing, würde man sich schon von den Seehelden nichts vormachen lassen. »Also, wie war es noch mit dem Dorf der Toten, Kapitän?« Hilbertus zog, während er bedächtig trank, unterm Tisch den linken Fuß aus dem Holzschuh und ließ seine große Zehe bei Poppo an Bord gehen. Der Alte schrak bei dem bekannten Signal zusammen und kratzte geräuschvoll in seinem Bart. Das Dorf der Toten . . .? Poppo wußte, jetzt mußte er dem Kapitän mit einer hilfreichen Bemerkung zur Hand gehen.

»Es war gerade die Zeit, wo der Mist auf den Acker gefahren wird«, flüsterte er hohl, und Hilbertus ergänzte eifrig: »Deswegen hatten sie ja den Wagen draußen auf dem flachen Hügel stehen, wie sich die Untiefe in den armseligen Wasserköpfen da unten wohl als ein Berg darstellen mochte.«

Poppo starrte unheimlich und brummte ganz tief im Innern seiner Jacke etwas von schwerer Arbeit. »Natürlich wollten sie uns gar zu gern als Knechte hinunterholen«, erläuterte Hilbertus. »Und wenn auf der alten ›Nixe‹ kein solcher Verlaß auf Kapitän und Mannschaft gewesen wäre . . .«

»Jedenfalls könnt ihr das jetzt erzählen«, sagten die Bauern und taten im Grunde doch nur so spöttisch. Denn der Fischersmann kann ja wirklich nicht wie der vernünftige Mensch an Land bloß in der hellen Zeit arbeiten und in der Nacht schlafen, wo dann freilich niemand weiß, was eigentlich alles in der Welt getrieben werden mag. An der Nordsee geht das Leben der Küstenfischer mit dem Strom. Wenn die Ebbe einsetzt, ob das sonst an Land nun Wachens- oder Schlafenszeit ist, muß er mit dem Wasser hinaus, und erst der Flutstrom — sechs Stunden später — kann ihn durch die Schlickwüsten zurückbringen. Von den Fischern mochten wohl manche Dinge auf dieser Welt bemerkt werden, die Menschenaugen eigentlich nicht sehen sollten.

Poppo klopfte plötzlich hart auf den Tisch, von Hilbertus' bohrender Zehe ganz munter gemacht, und alle schraken zusammen, als er fragte: »Habt ihr die Stücke von der alten Wagenleiter nicht gesehen, die wir damals mitgebracht haben?«

»Die brennt und heizt doch nicht, denn die Flamme ist kalt — totenkalt«, ächzte Hilbertus. Und nun erzählte er.

Es war in einer dieser verhexten Vollmond- und Nebelnächte gewesen, wie sie im zeitigen Frühjahr kommen. Der warme Südwestwind schläft dann abends ein, und im Mondlicht beginnt das Watt zu dampfen, und alle Sicht ist für Stunden

weg. Obwohl es ganz still ist, kann der Küstenstrom draußen und in den Prielen stark laufen.
Die »Nixe« trieb also in einer Welt, die nicht hell und nicht dunkel war, seit Stunden schon immer im Mittelpunkt derselben gläsernen Kreisfläche unter dem niedrigen Hohlraum einer umgedrehten Schüssel von Lichtnebel. Seit Stunden schon hing das Segel in der Stille dunkel und unbeweglich über Hilbertus und Poppo. Sie hörten den Tau ganz laut ins Boot tropfen. Natürlich wußten die Fischer längst nicht mehr, wo sie eigentlich waren, und ob noch Ebbe oder schon wieder Flutstrom lief.
»Wenn bloß mal ein einziges verdammtes abgekautes Endchen von einer Pricke auszumachen wäre«, flüsterte Hilbertus in dieser weißlichen Ungewißheit. »Dann sollten wir besser den Anker wegschmeißen und warten, bis die Sonne aufgeht.«
So trieben sie dahin, und da es dem Kapitän zu genügen schien, daß Poppo die Wache hatte, kroch er zum Schlafen unter das kleine Deck vorn. Die Schnapskruke sicherte er unter seinen Knien, nachdem er sparsam getrunken hatte. Denn der Mensch tut immer gut, sich fürs Aufwachen die Möglichkeit zu einer raschen Ermunterung bereitzuhalten. Dann war er rasch eingeschlafen.
Hilbertus kam aus dem Schlaf aber plötzlich wieder zu sich, als die Ankerkette dicht neben ihm polterte und ausrasselte. Als er herauskroch, stand die »Nixe« immer noch in demselben geisterhaften Halblicht scheinbar unbeweglich auf dem Strom, den man jetzt laufen sah. Vorn auf dem Halbdeck kniete Poppo und hatte geankert, und jetzt zeigte er, da sei die Pricke.
Als Hilbertus die Augen anstrengte, sah auch er nun deutlich, wie etwa eine Kabellänge entfernt ein kurzes Stangenende über das Wasser ragte. Kaum zwei Hände war es hoch, und der Strom zog seine Striche hinter ihm. Irgend etwas an

dem Ding kam dem Kapitän merkwürdig vor, während er mit der Kruke nach ihm peilte. Dann freilich schimpfte er: »Poppo, wie kann die bloß schon leer sein?« Und er schleuderte sie ärgerlich mit einem mächtigen Schwung nach der Pricke hin, die sich jetzt nicht weiter entfernte, weil die »Nixe« ja vor Anker lag.

Und ehe noch auch nur das geringste weiter geschehen konnte, spürten die beiden auch schon den Schrecken wie eine eiskalte Hand unterm Wollhemd. Denn das merkwürdige Stangenende bewegte sich plötzlich, und schon war es von selbst mit einem Ruck ins Wasser hinuntergeklappt und weg. Die Wellenkreise verliefen sich, und es war wieder still. In der verhexten Mondhelligkeit und der völligen Leere und Lautlosigkeit aber hatten die beiden Fischer ganz den Eindruck, daß unter dieser stillen Wasserfläche etwas im Gange sein müsse, und zwar nichts Gutes.

»Das Ende war beschlagen wie eine Wagendeichsel«, flüsterte Poppo, der unheimlich scharfe Augen hatte. Zum richtigen Nachdenken über so etwas reichte es ja bei dem armen Menschen nicht hin. Aber dafür war ja Hilbertus als Kapitän an Bord.

»Jetzt aber bloß rasch herauf mit dem Anker —, und laß uns mit dem Strom von hier wegtreiben!« hauchte er dem alten Seemann zu.

Die Kette stand ganz steif nach unten. Der Strom zog mit der »Nixe« leise an ihr und gurgelte um den Bug des Bootes, der unter der Anstrengung der Männer tiefer einsank. Sie zogen und zogen, aber der Anker wollte nicht herauskommen. Und dann wurde ihnen plötzlich klar, daß eine ganze Zeitlang schon von unten her an der Kette entgegengezerrt wurde.

Hier hätte wirklich kein Mensch von ängstlicher Gemütsart an Bord sein dürfen. »Da kann doch bloß Sandgrund sein, verdammichten Kram!« brummte Poppo, aber der Kapitän

verstand ihn schon. Über Sandgrund ist das Wasser klar genug, daß man ziemlich tief hinunter etwas erkennen kann. Hilbertus hängte sich also so weit über Bord, bis sein Gesicht dicht überm Wasser war, und Poppo mußte ihm die Friesjacke — jawohl, das Gehäuse, das er auch heute abend anhatte — über den Kopf halten. Sofort sank Hilbertus' spähender Blick hinab in eine grüne, verschwimmende Dämmerung.

»Wir stehen gerade über dem Dorf der Toten«, sagte der erfahrene Küstenmann, als ihn Poppo wieder zum Sitzen heraufgezogen hatte, »und du Dööshammel hast mit deinem Anker unten in einen Gartenzaun gehakt. Und sie möchten wahrscheinlich, daß wir hinunterkommen.«

Poppo, der verläßliche Schiffsmann, sah den Kapitän aufmerksam an und wartete auf weitere Befehle, wie es sich in überraschenden Lagen gehört. »Dööshammel«, sagte Hilbertus noch einmal nachdenklich.

Aber da schwankte die »Nixe« wieder von einem Rucken an der Kette, und Hilbertus mühte sich eilig zum Heck, wo der überhängende Bootskörper das Wasser verdunkelte, um mit Hilfe der Jacke noch mehr von dem Treiben unten zu erkennen.

Da sah er nun zehn Fuß in der Tiefe unten die geraden Firste von Dorfhäusern zu beiden Seiten einer Straße. Uralt war das Stroh auf den Dachflächen. Obgleich das Bild vom fließenden Wasser verzerrt wurde, sah man, wie die Löcher mit Tangbülten verstopft waren. Tiefer unten hatten die Bewohner einen Backofen einfach mit einem umgestülpten Boot zugedeckt. An dem großen Bleckflicken erkannte Hilbertus, daß es Oll Jespersens Jolle sein mußte, der vor elf Jahren in dieser Gegend abgesoffen war. Und dann sah Hilbertus, daß die dunkle Masse, die sich um die Stelle bewegte, auf die ihre Ankerkette hinabstand, wirklich ein Durcheinander von Gestalten war, und daß sich die ertrunkenen Kerle damit ab-

mühten, über den Auftrieb der »Nixe« Herr zu werden und sie auf die Dorfstraße hinunterzuholen.
»Das hast du uns wunderbar angerichtet«, zankte der Kapitän. Im Bootsschatten konnte man auch ohne Jacke sehen, und Poppe legte sich neben Hilbertus und starrte. »Wir sind zu hoch über ihnen«, flüsterte Hilbertus, »als daß sie uns mit den Mistforken leck stoßen könnten.« Eigentlich war es ja nicht nötig, daß der Kapitän seinen Schiffsmann beruhigte, aber in der Lautlosigkeit hier oben war das wütige Getue in der Tiefe wirklich ganz schauerlich anzusehen.
»Halt bloß die Spucke im Mund fest«, warnte Hilbertus, der sich auf diese Dinge verstand. Schwarz und gedunsen waren die Kerle, und wenn sie heraufdrohten, glimmerten die Zähne und die Augen. Dem toten Dorfschulzen stand der Wasserbauch steif aus der geplatzten Hose. Hoch darüber schwebend fühlte Hilbertus mit Grausen, wie der mit der Ebbe absinkende Wasserspiegel sie immer tiefer gegen die Unholde hinabtrug.
»Wir müssen die Kette opfern, daß wir bloß wegtreiben«, wollte Hilbertus gerade flüstern, da schimpfte doch dieser Poppo heiser hinab, daß sich dies spukhafte Diebsgelichter nur bloß keine Hoffnung auf die schöne neue Ankerkette der »Nixe« machen sollte.
Nun konnte sich Hilbertus als Kapitän natürlich nicht beschämen lassen. »Du hast das mit dem Ankern angerichtet, also bringst du es jetzt auch wieder in Ordnung«, befahl er in einem plötzlichen kühnen Vertrauen zu diesem verläßlichen Schiffsmann Poppo.
»Es fängt ja auch gerade mit dem Flutstrom an«, hauchte der kranzbärtige Alte. »Wo die Dorfstraße auf dem Acker ins seichtere Wasser hinaufgeht, kommen jetzt die Schollen hinunterschossen.«
Aber gerade als sie sich schon wieder hoffnungsvoll etwas breiter ins Boot setzen wollten, sahen sie, daß die Toten un-

ten sich inzwischen ebenfalls klar geworden waren, daß die Flut ihnen die Beute entziehen wollte. Vom Anker herunter kamen zwei Jungknechte auf dem Seegrund mit dem Wagen in die Dorfstraße hineingejagt, und es wurde sofort klar, daß sie die »Nixe« mit den Pferden und dem Leiterwagen ins seichte Wasser schleppen wollten, wo sie mit den Forken an den Schiffsboden herankonnten. Die beiden oben konnten nichts dagegen tun, daß der Anker nun vom Gartenzaun los und in die Wagenleiter gehakt wurde, und plötzlich ging mit einem schauerlichen Gewühl da unten der Aufbruch los.

Der Sand wölkte empor, schlagende Peitschen zuckten durchs Wasser, manchmal sah man ein Pferd hoch ausschlagen, dessen gedunsener Bauch schrecklich zwischen den Beinen schaukelte. Neben und hinter dem Wagen drängte das Getümmel der schwarzen Kerle, und wenn die Pferde misteten, schoß es wie Raketen nach oben, wo alles sofort in der toten, mondhellen Lautlosigkeit zerging. Schwer ruckte die Kette an, und um den Bug der »Nixe« begann das Wasser zu plätschern und Streifen zu ziehen.

Poppo sah aufmerksam auf seinen Kapitän, wie es ein guter Schiffsmann tun soll, wenn es auf den nächsten Befehl ankommt, und Hilbertus hob wortlos die Hand, wie es dann sein muß. Bei allem Grausen dieser letzten, hoffnungslosen Fahrt der »Nixe« spürten beide Schiffskameraden doch etwas von der Großartigkeit, mit der dieser Untergang ablief. Noch einmal stockte die gespenstige Veranstaltung, kaum daß sie begonnen hatte. Sie sahen von oben, wie sich die Toten unten auf dem Seegrund auf einen kleinen Gegenstand stürzten, der neben dem Wege lag.

»Sie haben die leere Kruke gefunden«, ächzte Hilbertus. »Zweihundert Jahre ohne Schnaps, das ist ja auch kaum auszudenken!« Und ohne daß er damit etwas sagen wollte, hatte der Kapitän dabei die Hand heruntergenommen.

Und da hatte doch Poppo, dieser tüchtige alte Seemann, das für den erwarteten Befehl gehalten, jetzt das Nötige zu tun! Unter den Hecksitz griff Poppo und riß die große Blechflasche mit Brennöl heraus, die man im Fischerboot für die Lampe vorn aufhob. Weit über den Bordrand beugte sich der Alte und winkte so genießerisch, daß all die häßlichen Gesichter tief unten sich zu ihm hinaufkehrten. Und er trank ihnen aus der Kanne zu und ließ sie dann mitten in den Haufen hinein sinken.

Der ganze Knäuel der Toten wälzte sich über die Beute, aber natürlich schoß bei ihrer Habgier das meiste von dem Brennöl zur Wasserfläche empor und breitete sich um die »Nixe« sofort weithin als eine dunkel schillernde Haut aus, die im Strom langsam weiterzog. So weit hatte Poppo die Sache gemacht, und nunmehr war es ja wohl an dem Kapitän, noch mehr zu ihrer Rettung zu befehlen, nachdem sie die Toten erst einmal mit ihren Bordmitteln besänftigt hatten. Schade, daß durch die Ölhaut nichts mehr zu erkennen war. »Jetzt nichts wie rasch mit dem Anker herauf, solange das Zeug noch nicht weggetrieben ist, du Dööshammel«, flüsterte Hilbertus.

Sie rissen verzweifelt an der Kette, und wirklich bemerkten sie endlich, wie sich die Wagenleiter mit kleinen Rucken aus dem Gestell unten löste. Plötzlich kam dann alles leicht empor, und mit dem Strom fuhren sie immer noch innerhalb der großen Ölinsel weiter und weiter davon . . .

Noch einmal sahen sie nun schon ganz fern die kurze Stange heftig aus dem Wasser fahren und zurückschlagen. Dann lag die »Nixe« wieder mit ihnen ganz allein mitten auf der gläsernen Fläche unter dem Schüsselsturz von Lichtnebel.

Ein Teufelskerl sei doch dieser Poppo, murmelten die Bauern. Aber Hilbertus schnaufte eifersüchtig, daß er bei dieser Gelegenheit nun endlich einmal dahintergekommen sei, wieso auf der »Nixe« immer so unmenschlich viel Geld für Brennöl verbraucht wurde.

DIE FAHRT NACH LETZTESAND

Die wahre Unheimlichkeit des Lebens folgt daraus, daß in der wirklichen Welt noch viel mehr vor sich geht, als unsere menschliche Auffassung abbilden kann. Für furchtlose Herzen ist das eine große Freude, und manchmal wird es vergönnt, noch über die Grenzen des Erkennbaren vorzustoßen. So erging es dem streitbaren Domine Josiah Bolt an der Wattenküste, als er gegen den Spuk des Teufels bis auf die Düneninsel Letztesand hinaus vordrang.

»Poppe Ehlers, ich muß euch in die Kirchenbuße nehmen!« Wie einen schwefligen Blitzstrahl ließ der große Domine, im Schatten des Ohrenstuhls wuchtend, diese Ankündigung aus dem Gewölk seiner Meerschaumpfeife auf den alten Fischersmann hinüberschießen. Poppe Ehlers hatte sich wirklich zu unbefangen auf den Besucherstuhl an der Wand neben der Tür ins Lampenlicht gesetzt. Der Domine beabsichtigte, diesem Blitz den geistlichen Zuspruch gleich einem Donner nachfolgen zu lassen. Aber die Strahlen unseres Grimms wirken manchmal nur wie der Blendschein, der aus einer irdischen Lampe in die nächtlichen Schattenmassen des Jasmin fällt, wobei sich natürlich keines der vielen Blättchen regt.

So saß auch Poppe Ehlers bei dieser Eröffnung lediglich angestrahlt da. »Das kann aber doch wohl nicht wahr sein«, sagte er bloß vertrauensvoll.

Domine Josiah Bolt war in den dreißig Jahren seines Wirkens an der Küste als ein gewaltiger Kämpfer gegen Spuk und Aberglauben bekanntgeworden, und der kranzbärtige, etwas schwachsinnige Greis saß jetzt vor ihm wegen einer Anzeige, Hexerei betreffend. Der Domine blies schweigend so gewaltige Wolken vor sich hin, daß er schließlich im Nebel wie ein bekümmerter Eisenofen vor dem Seemann aufzuwachsen schien.

»Kirchenbuße gegen diesen armen Kerl!« dachte der Geistliche. »Poppe Ehlers ist nun schon an die sechzig Jahre Fischersmann, die Frau und jeder anverwandte Mensch sind ihm längst vorweg gestorben . . .«
Der Domine warf einen Blick zur Seite nach oben, wo es über dem Frauengesicht auf einem ungelenk gemalten Ölbild im Halbschatten golden schimmerte. Von des Domine nun lange schon seliger Frauke war dem Maler eigentlich nur das Haar anmutig geraten, und auch das nur, weil er die Lichter mit richtigem Gold aufgesetzt hatte. Ein feines Schimmern im Halbschatten, das war auch Fraukes Art gewesen; vor langen Jahren nun schon. Ja, ein Mann mußte dann eben sehen, alles allein abzumachen, je nach seinen Gaben. Poppe Ehlers, der Mann hier vor ihm, wandelte eigentlich ja auch in seiner Art getreulich den Weg des Christen durch den Unflat dieser Welt. »Etwas krumm im Verstand«, dachte der Domine wohlwollend, »aber doch gefügig und immer geradeaus auf der Straße, wie die Hinterbeine einer Kuh.« Und damit es auch so blieb, war es jetzt angezeigt, sich einzumischen, weil die beiden Fischer auf der »Nixe« Hexenkunst gegen die bösen Geister getrieben hatten.
Domine schlug das Gewölk drohend zur Seite.
Dieses Volk von der See draußen sollte nicht immer so undurchdringlich aussehen, sobald man auf seinen Aberglauben zu reden kam! Blendwerk des Satans und nichts sonst war all dieser Spuk, Punktum! Schämen sollten sich diese trotzigen Meerschweine mit ihrer Kriecherei vor Asasel, dem schwarzen Gaukler, dem nichts weiter als eine Backpflaume gebührte!
Im gleichen Augenblick schien das nach Norden gehende Fenster leise zu schüttern. Ein dumpfes Brausen und Rollen war draußen aus ganz weiter Ferne her angekommen, viel weiter her noch, als daß ein Branden der See sich gemeldet haben könnte. Obwohl es ein dunkler Abend im Oktober war,

hatte sich das Wetter ja auch seit mehreren Tagen warm und windstill gehalten. Poppe Ehlers nickte vor sich hin. Das Tosen draußen erstarb rasch wieder. Drüben über dem Hausgang wurde die Küchentür, die nicht ordentlich einklinkte, heftig zugeknallt. Der Domine aber lachte breit und wies mit dem Mundstück der Pfeife über seine Schulter weg. »Asasel murret hinter seiner Grenze«, höhnte er.

»In der Stadt hat man's gut«, kicherte der Alte unheimlich auf.

»Pfui der Feigheit!« mahnte der Gottesstreiter. Er schob das Käppchen auf dem grauen Löwenkopf nunmehr mit dem Pfeifenrohr zurück, als würde eine Batterie freigemacht. »Gesteht es nur gleich ein, Mann! Aus der Bibel, die in der Schulstube bei euch in Modsumersiel für die Andachten im Kasten liegt, fand ich gestern eine Seite herausgerissen!«

»Da bleibt dem Schulmeister ja oft eine Seite aus dem ›oll Book‹ beim Umblättern in der Hand«, nickte Poppe freundlich. Wie all die Leute von der See zeigte dieser des Schreibens Unkundige auch hier vor ganzen Wänden von Büchern und anderem furchterweckenden Rüstzeug des Geistes weder Verlegenheit noch Ungeschick.

»Es war aber das Blatt aus dem Buch Numeri am zweiundzwanzigsten mit der Geschichte von Bileams Eselin!« Es funkelte warnend in dem grauen Gebüsch über den Augen des Domine.

Der einfältige Poppe triumphierte denn auch richtig los: »Das haben Hilbertus und ich doch nicht wissen können, wo keiner von uns zu lesen versteht!«

»Hic cecidisti, aha! Du hast gestanden!« donnerte Josiah Bolt. »Ihr habt dies Blatt aus der Bibel gestohlen! Weil ihr bei den jetzigen Tiden nachts auf dem Watt draußen ankern müßt, habt ihr es mit schnödem Pech um den Mast eures Schiffleins geheftet, damit euch der Spuk nicht an Bord kommt, stimmt es?« Der Domine stammte selbst aus der Gegend und kannte seine Leute.

»Der Fischersmann muß doch etwas gegen all das Unwesen tun dürfen, was um die Neumondszeit in Dunkeln mit der Ebbe an die Luft heraufkommt«, sagte Poppe ruhig.
Der Geistliche rauchte wieder heftig und schweigend. Kirchenbuße war in der alten strengen Zeit eine harte Sache. Vor der ganzen Gemeinde wurde mit dem Sünder höchstpersönlich geredet. Und oft war die Gier, mit der all die Klatschbasen in Röcken und Hosen das Strafgericht genossen, noch ärgerlicher als der Vorfall selbst, der es nötig gemacht hatte. Die guten Städter hier fühlten sich über ihre armseligen Mitchristen draußen an der Schlickküste überhaupt schon unnötig erhaben. Der Schulmeister hätte künftig ganz gut auch ohne die Geschichte von Bileams Eselin auskommen können. »Denn ihr seid wahrhaftig armselige Schlickrutscher«, sagte Domine Josiah Bolt plötzlich laut und erschüttert. Denn durch allen Portorikodampf hindurch war bis zu ihm hin eine Art von kühlem Dunst vorgedrungen. Der Alte hatte sicher heute den ganzen Vormittag in der Sonne Miesmuscheln geschaufelt.
»Das ist bei uns wie's ist«, kratzte er ganz betrübt über die Erschütterung des großen Domine geräuschvoll in seinem Kranzbart herum. »Jetzt steckt er die Kette lose«, hoffte er dabei.
»Aber ich muß euch dennoch in die Kirchenbuße nehmen, Poppe Ehlers«, klopfte der Geistliche grimmig mit der Pfeife auf den Tisch. »All euer Spuk ist ja nichts als Anfechtung und Blendwerk des Teufels. Oh, ihr Nachkommen von Meerbeherrschern und Seeräubern, was rutschen euch doch gleich die Büxen, wenn das stinkende, lausige Unwesen aus dem Abgrund sein gehörntes Haupt aus dem Wasser zu heben wagt! Versteht mich, Mann, wegen dieser Feigheit müßt ihr mir durch die Kirchenbuße wie die Rekruten vor dem Korporal in die Schlacht gefuchtelt werden!«
»Ja, wenn Domine so meint, dann muß das wohl so sein«, sagte der Alte gleichmütig und sah den andern höflich an, ob

wohl jetzt die geistliche Ladung fertig bei ihm an Bord gekommen sei. Aber oll Poppe verfügte längst nur noch über die eine Art von Blicken, wie sie draußen unter dem Segel weg über die Weite der See hingehen. Und wegen dieses Blickes winkte ihm Domine Josiah Bolt mit einer wunderlichen Unruhe im Blut zu, daß die Unterredung immer noch nicht zu Ende sei. Poppe rückte sich im Stuhl zurück. So war das ja nicht, daß er den guten Tabak nicht gern noch länger gerochen hätte. Poppe staunte aber, wie der Domine mit der Pfeife jetzt voll und bei in Fahrt ging!

Josiah Bolt fühlte sich nämlich unklar herausgefordert. Natürlich ahnte dieses Wrackstück von einem Mann der See für sich selbst nicht, was für eine fremdartige Botschaft er soeben in dem lampenhellen Studierzimmer vor dem Domine und der goldschimmernden Frauke an der Wand gemeldet hatte. Aber in einem rechten Mann beginnt allemal das Blut zu wallen, wenn sich eine neue Möglichkeit von Kampf anzubieten scheint.

Das war die Herausforderung: Der Teufel hatte gegrunzt. Das war in Ordnung. Aber der Domine Josiah Bolt hatte schon manches Mal in den kühlen, hellen Augen der Leute von draußen eine heimliche Feststellung gelesen, daß er, der Domine, ganz hinten doch wohl nicht recht Bescheid wisse. Da segelt nun der Domine gewaltig los — so las er, der selbst von der Küste stammte, Poppes Meinung — natürlich in Ehren und wie es ein muß, aber er segelt eben mit dem Chorrock. Mit all dem zauberhaften geistlichen Rüstzeug hier den Teufel anzugreifen, das ist natürlich alles in Ordnung. Aber wir, Domine, wir müssen bloß mit unseren zwei Händen reingreifen draußen, wo die Welt unheimlich wird. Domine, als ein Mann wie wir würdest auch du die Leine kürzer belegen . . .

Der große Mann schnaubte heftig. Dehnte denn dieser unverschämte Alte da jetzt unter seinem blauen Sonntagsrock den Bauch nicht geradezu väterlich beim Atmen?

»I, du Philister des Meeres« paffte Josiah Bolt, »meinst du, unsereiner könnte nicht auch in Schmierstiefeln wie ihr ausfahren, um sich euerm Teufel draußen auf dem Watt zu stellen?« Josiah Bolt gehörte zu den Männern, die es unwiderstehlich zu Bewährungsproben hinzieht.

So kam an diesem Abend zwischen den beiden die seltsame Abmachung über die Fahrt nach Letztesand zustande: Der Domine wird morgen, wo jetzt gerade im Nachtdunkel Niedrigwasser ist, um Sonnenuntergang mit der »Nixe« aussegeln und sich den Teufel besehen, und wenn sie bis zu der verrufenen Düneninsel Letztesand gegen die offene See hinaus müßten. Poppe soll seinem Schiffer, dem alten Hilbertus, lieber nichts sagen. Den kennt man ja als Hexenmeister, und wenn er weiß, wohin die Fahrt gehen soll, wird er seine »Nixe« nicht aufs Spiel setzen wollen. Es ist überhaupt besser, über die Ausfahrt vorher nichts zu reden . . .

Dem Domine kam es bei diesen Einzelheiten der Abmachung allerdings vor, als ob die Augen auf dem goldschimmernden Bild oben im Halbschatten immer aufmerksamer blickten. Domina Frauke war ihrem Herrn bei Lebzeiten trotz aller Zartheit eine musterhafte Hausfrau gewesen. Wie er selbst stets machtvoll in seiner Eigenart des Amtes gewaltet hatte, war sie die Frau danach gewesen, sich unverzagt und voller Anmut auf ihrem Platz neben ihm zu halten. »Domine, Domine!« hörte er, wie sie sich jetzt aus unendlicher Ferne, aber doch völlig deutlich meldete. »Navigare necesse est«, sagte Josiah Bolt trotzig und laut. Drüben über dem Hausgang in der Küche wurde gerade viermal auf der Torfschüppe geläutet. Ach ja, Domine hatte auch eine Tochter, die jetzt zum Abendessen mahnte!

»Morgen um diese Zeit können wir gut schon unter Letztesand liegen«, versicherte Poppe Ehlers, als wäre ihm das gerade beim Gedanken an das Abendessen im Pfarrhaus eingefallen.

»Backpfeifen!« knurrte der graue geistliche Löwe.

»Es wird denen da draußen mal eine ganz gute Lehre sein, wenn wir einen Domine an Bord haben«, kicherte und griente der einfältige Kerl ganz merkwürdig. Und zugleich schien das Fenster wieder leise zu schüttern, und draußen war wieder aus dem Norden das Brausen und Rollen aus Fernen angekommen, wie sie sich auf der Erde überhaupt nicht messen lassen.

»Jetzt aber Punktum«, sagte der Domine. Als er aufstand, wuchs er auf seinen langen Beinen fast ungeheuerlich gegen die Decke. Ja, die kleine Frauke war eben zu geschwind gestorben! Und hier am Rand der Welt war das Leben eine gewaltige Männerveranstaltung, und das war in der Nachbarschaft der See noch nicht der schlechteste Gottesdienst. Poppe Ehlers freilich stand bei diesem unerhörten Beginnen so dumm wie ein Wäschepfahl, wenn die Gewitterbö schon in die Hemden fährt.

»Geh in die Küche und laß dir von Contentia ein Koppje heiße Milch mit Honig geben«, schob ihn der Domine hinaus.

In der Küche auf der anderen Seite des Hausflurs hatte die Tochter bei der flackernden Kerze schon lange gewartet, daß der Besuch zu dem im Pfarrhause üblichen Abschiedstrunk herübersteuern würde. Contentia Bolt wurde von den Leuten immer noch das Tentje genannt, obwohl sie jetzt schon die Flechtenkrone über einem siebzehnjährigen Gesicht trug. Die einzige Tochter eines gewaltigen Mannes im öffentlichen Dienst zu sein, ist in mancher Weise so seltsam, als wenn man unter die Seehunde gegangen wäre. Das Tentje hatte längst beschlossen, seinem Vater näher unter die Augen zu rücken, da er von selbst nicht zu bemerken schien, daß seine Tochter groß geworden war. Als Poppe Ehlers jetzt in die Küche kam, holte sie aus dem einfältigen Alten natürlich sehr rasch die Wahrheit über die geplante mannhafte Ausfahrt gegen den Teufel heraus.

Und Tentje erschrak gründlich über die christliche Löwenabsicht des Vaters. Der Teufel zwar war für das Tentje nicht viel mehr als eine im Hauswesen unvermeidliche Gefahr, so wie für ein Bauernkind der große, schwarze Bulle. Man knallte eben die Tür davor zu. Aber im Gemüt jedes Mädchens von der Küste dunkelt wie eine offene Wasserstelle im Wiesenland das Wissen um die Unheimlichkeit der Meeresweite. Bei Tentje war diese Stelle bloß nicht wie bei dem alten Josiah mit einem Gerüst von Willenszucht und Gelehrsamkeit überdeckt. Letztesand war ja die verrufenste Gegend auf dem Watt, wo sich die weite Lücke zwischen den Inseln gegen die Grenzenlosigkeit der See öffnete!
Zugleich freilich war dem Tentje völlig klar, daß es den Vater nicht hindern konnte. Die Männer sollen ja wohl so sein, wie Gott sie geschaffen hat. Aber für den Fall, daß die Lebensumstände allzu abenteuerlich schief durcheinanderhängen, ist dem Frauenvolk ja die Gabe des unmerklichen Zurechtrückens verliehen. Tentje wußte wie jeder im ganzen Küstenstrich genau Bescheid über die lumpige »Nixe« von Modsumersiel und ihre zweiköpfige Mannschaft. Poppe Ehlers' weißer Kopf hatte seit jeher einen leichten Schlag mit der Bürste weg, und der dürre, kleine Hilbertus war ein Hexenmeister. Tentje schlief kaum in dieser Nacht, mit siebzehn Jahren betreibt man das Sorgen noch feierlich. Am Morgen fand Domine Josiah Bolt, wie es öfters geschah, neben der Schüssel mit Buttermilchsuppe die Schiefertafel mit der Meldung, die Tochter sei zu einem Krankenbesuch weggegangen. Vom Pfarrhause aus gesehen war Hilbertus ja auch wirklich krank. Das Hauswesen lief bei solchen Abwesenheiten stets in musterhafter Ordnung weiter, und so bemerkte Domine kaum, daß seine Tochter fehlte und daß sie erst um Mittag zurückkam.
»Mach mir doch das Felleisen zurecht«, sagte er wie einer, der nicht viel Zeit hat. »Ich muß nach den Inseln hinaus und komme erst morgen mit der Flut zurück!«

Das Tentje hakte den Löffel fest in die Kohlschüssel.
Am Vormittag hatte der kleine Hilbertus dem Mädchen gesagt, er glaube schon dafür sorgen zu können, daß Domine nicht erst ganz bis nach Letztesand hinaus müßte, um etwas Nennenswertes von den Wattgespenstern zu sehen. Da lag auf halbem Wege zum Beispiel das Wrack. Nee, Hilbertus sei der letzte, der zwei Tage vor Neumond auf dem Watt im Dunkeln mit Nordwestkurs segelte! Richtig die Wut hatte dem unheimlichen Männchen in den Augen geglitzert über den Umstand, den Domine mit dem bißchen Kirchenbuße machte.
»Hilbertus-Ohm«, hat das Tentje ganz verängstigt gebeten, »ich muß aber auch gleich wissen, wie es heute nacht geht. Von mir wird kein Mensch verraten, das weiß jeder!«
Da spliß ihr der kunstreiche Alte schließlich aus einem gewöhnlichen alten Tau einen Ring zusammen. »Wer mit den Füßen voran hindurchschlüpft«, sagte er, »der flattert als Möwe in die Höhe. Aber man darf das beileibe nicht vor Dunkelheit machen, sonst fallen die anderen Möwen über den merkwürdigen Vogel her. Und wenn man sich irgendwo auf trockenen Sand wirft, steht man, solange ein Vaterunser währt, wieder als Mensch da. Aber nicht länger! Und du kannst das alles auch nicht öfter als nur das eine Mal machen, das darf man beileibe nicht vergessen! Und mit dem Kopf voran kriecht der Vogel durch das Tau dann wieder in die Menschengestalt hinein.«
Das Tentje bekam natürlich das Grausen über solche Hexenkünste, aber den Tauring nahm es doch unter der Schürze mit.

Der Oktoberabend war klar und warm und fast windstill, als die schmuddlige »Nixe« mit Hilbertus und Poppe und Domine Josiah Bolt vom Ebbstrom auf die Weite des Watts hin-

ausgeführt wurde. Hinterher schwamm an der Fangleine der Prahmkasten, in dem man sich draußen durch das seichte Wasser an die Sande heranstakte. Die Sonne lauerte schon dicht über dem Horizont, aber es war noch schön warm.
Hilbertus hockte starr am Ruder. Er stank richtig im Abendschein vor Erbostheit über diese Ausfahrt. »Nun hatten wir schon Reinschiff gemacht für Domine«, hatte er gespeichelt, als der Domine in Friesrock und Schmierstiefeln am Siel erschienen war.
»Hat denn Domine die große Bibel nicht mit?«
»Halt's Maul!« hatte Josiah Bolt nur gesagt und die alte »Nixe« mit dem Bootshaken so gewaltig vom Bollwerk abgeschoben, daß die Enten auf dem Siel sofort weit hinter dem Fahrzeug fassungslos auf und nieder wippten.
»Wenn man nur ein Brett nehmen könnte und dich durch den Boden schlagen«, dachte Hilbertus.
Die Luft roch draußen warm und nach Seetang. An den seichten Stellen konnten sie den Grund gelb unter dem Boot hinziehen sehen. Die spiegelklare Fläche hinten nach dem Deich zu dehnte sich immer weiter. Am Land schimmerte sie schon silbern. Dort zog sich das Wasser bereits von den Schlickbänken herunter. Ganz hoch und fern über ihnen am Himmel schien sich auch schon die erste Dämmerung zu sammeln.
Der Domine ließ sich durch den Weltenfrieden hier draußen keineswegs täuschen. Er musterte mit gewaltigen Blicken das Schlachtfeld. Zwei weißgelbe Striche am Nordhorizont, das waren die Inseln. Ein kurzer Strich, der in der Lücke zwischen ihnen jetzt am Abend nur versehentlich hingepinselt schien, das war Letztesand.
»Jawohl, da ist's, Domine! Durch diese Lücke kommt uns das Unwesen von der See herein«, zischelte Hilbertus. »Wir treffen es schon in zwei Stunden halbwegs beim Wrack«, verhieß er. Das Wrack kam winzig gerade erst aus dem grünlichen Wasser über der Bank heraus.

»Satanas Submersus glotzet behutsam«, murmelte der Domine. Hilbertus gab dem Ruder einen heftigen Ruck, um einer treibenden Tangfläche auszuweichen. »Warum ist dieser Mensch feindselig?« dachte der Geistliche. »Wir haben ja noch zwei Stunden, bevor es Zeit ist für den Zorn.«

Poppe Ehlers kauerte stumpfsinnig im niedrigsten Teil des Bootes, die Knie hochgezogen bis zum Bordrand, und priemte. Auch der Domine setzte sich jetzt vorn hin und lehnte den grauen Löwenkopf behaglich an den Mast. Gerade über ihm waren auf dem Holz noch die Pechflecken mit den letzten Papierresten zu sehen. »Das kommt dann auf dem Rückweg«, dachte der Domine. Ein rechter streitbarer Mann nutzt jede Zeit der Ruhe, um zu faulenzen. Wenn er etwas anpackt, dann schon alles auf einmal.

»Domine ist gar nicht bange«, sagte Hilbertus zu seiner Fußzehe, die sich aus dem zerbrochenen Holzschuh krümmte. Dem Domine machte es wohl wirklich nichts aus, daß er mit einem verrufenen Schmierfinken und einem kindischen Greis allein hier vor die Welt hinaustrieb, den Wesen entgegen, die an der Grenze umherstreifen.

»In Ordnung«, sagte Bolt laut. Hilbertus schaute mißtrauisch wie ein Habicht um das Segel herum.

Der alte Hexenmeister hatte für den Fall, daß sich der Spuk beim Wrack schlapp zeigen sollte, eine kleine Nachhilfe vorbereitet. In seiner Tasche krümelte ein Knäuel getrockneter Blätter. Der Domine hatte den Hut und die Meerschaumpfeife dem alten Poppe zum Halten in den Schoß gelegt. »Poppe, du mußt mal eben das Ruder verfangen«, sagte Hilbertus und bat den Domine, sich kurze Zeit mal nicht umzudrehen. Auf der See steht ja keine Scheune, hinter die man treten kann. Als die Sonnenkugel bis zum letzten Rande versunken war, wurde es über dem Wasser etwas frisch, obwohl fast kein Wind mehr stand. Über das ganze Watt hin sah man jetzt, wie die Ebbe lief. Grau blinkende Sandrücken tauchten

schon hier und da empor, und nach mehreren Seiten zeigte ein gelber Schimmer an, daß nur noch wenig Wasser stand.
»Da ist jetzt das Wrack«, zeigte Hilbertus hämisch.
Dieses lautlose Auftauchen von Inseln und die fortwährende Veränderung aller Umrisse schien Josiah Bolt ein Warnzeichen, daß die »Nixe« allmählich in Feindesland geriet. Ein rechter streitbarer Mann hält es dann für die rechte Zeit, zu essen. Der Domine nieste kräftig, kam hoch und reckte die Arme. Auch die beiden Alten kramten in ihrer Eßkiste. Der Geistliche teilte redlich. Contentia hatte, wie es sich gehörte, für alle drei eingepackt. Poppe Ehlers langte unbefangen mit seinen hornigen Pfoten zu. Hilbertus dagegen weigerte sich, etwas anzunehmen. Er saß schief eingebündelt in seine dicke Jacke und kaute langsam; so steuerte er das Wrack an.
»Hier wird sich schon etwas zeigen«, mahnte er schließlich.
»Das dort war bis vor sechs Jahren die ,Drei Gebrüder' «, sagte er, als sie in der Dämmerung jetzt dicht am Sand entlangtrieben. »Wenn Domine dort auf dem Wrack seine Pfeife rauchen würde, möchte er den Fischersmann nachher wohl nicht mehr für einen Feigling halten.«
Domine hatte sich gerade die Pfeife, ohne sie vorher auszuklopfen, aus dem Samtbeutel gestopft. »Ich kann auch dort auf dem Sand rauchen«, brummte er. »Aber daß ihr mir das Boot nicht aus Versehen trockenfallen laßt!«
Die »Nixe« ankerte auf sechs Fuß im Priel, und Poppe brachte den streitbaren Herrn im Prahm bis an den Sand. Die Möwen, die auf dem Ufer herumsaßen, ließen sie ganz dicht herankommen, ehe sie träge ein Stück zur Seite flogen. Der Domine ging in die Dämmerung hinein auf das Wrack zu, und Hilbertus sah es unter seinem Hut hervor rauchen.
»Es ist aber doch noch gar nicht so dunkel«, sagte Poppe zu Hilbertus, als der wieder an Bord kam. »Ich glaube kaum,

daß sich das nackte Oberteil von dem ›Oll Schipper‹ schon unten im Wrack sehen läßt!«
Hilbertus sah tückisch auf die kleine Gestalt, die immer noch auf das Wrack zustrebte. »Och«, sagte er, »der schwarzblaue Schiffsjunge, der sich das Genick gebrochen hat und sich den Kopf immer mit beiden Händen hoch halten muß, der sitzt jetzt schon auf der Seeseite draußen, wenn man um das Wrack herumbiegt. Laß ihn man seine Pfeife rauchen, und wir wollen uns an die Steinkruke im Felleisen machen, solange der Admiral weg ist!«
Die Dunkelheit über der See sank ganz langsam und lotrecht aus der größten Höhe des Himmels, wie imer nach klaren Tagen. »Siehst du was?« fragte Poppe nach einer Viertelstunde. Hilbertus zog sich am Piekfall an den Bordrand und sah zwischen seinen Hosenbeinen durch. »Schlappe Aasbande«, schimpfte er plötzlich. »Sie reißen ja aus vor ihm, über den Sand nach Norden zu! Der Schiffsjunge läuft mit beiden Händen am Kopf voran!«
»Der Admiral kommt auch schon zurück!« seufzte Poppe. »Es ist dort wohl zu feucht, um zu sitzen und zu rauchen!«
Hilbertus hatte nicht bedacht, daß die Ladung ja ganz unten steckte, die er dem Domine in die Pfeife geschmuggelt hatte. »Das windige Gelump!« tobte er. »Auf jeden armen Muschelschiffer, der hier auf der Plate rasch noch im Dunkeln fertigladen will, krebst es unheimlich los, und wem das Oberteil mal nach den Füßen gegriffen hat, der weiß, was ein Spuk ist. Aber natürlich: heute, wo man sie braucht, da reißen sie aus!«
»Auf die jüngeren Leichen ist eben noch kein rechter Verlaß'‘, brummelte der Poppe. »Aber sieh doch, Hilbertus, auch die Möwen fangen ja an auszureißen!«
Wirklich schoß plötzlich vor ihnen auf der Sandbank eine Möwe schreiend in den düstergrauen Himmel empor, und dann seitwärts noch eine, und rasch flatterte es an immer

mehr Stellen weißlich von den Vögeln, und immer heftiger wurde das Schreien in der Luft. »Die sind hinter einer einzelnen her«, sagte Poppe. Es war unheimlich, wie der ganze Schwarm plötzlich seitwärts nach Osten hin ins Dunkle hineinjagte und verschwand.

Hilbertus war ganz grau im Gesicht geworden, und der Mund stand ihm offen. »Vorwärts, und jetzt auf den wahren Feind los!« hallte die Stimme des Domine. Er stand am Ufer und zeigte mit der ausgegangenen Pfeife nach Letztesand hinaus. Poppe holte ihn. Erst als die »Nixe« beim Herüberklettern des großen Mannes schwankte, machte Hilbertus den Mund langsam wieder zu.

Josiah Bolt schnaubte verächtlich. »Wenn das da draußen eine Anfechtung sein soll«, murrte er, »dann hat der höllische General gegen euch nur ein paar Invaliden zu unterhalten für nötig befunden.«

»Der Domine hat nicht alles gesehen«, sagte Hilbertus tückisch.

Aber jetzt war der große Teufelstreiter in Fahrt. »Auf und bis ins Innerste der Finsternis hinaus!« sang er und riß den Anker gewaltig aus dem Grund. Die »Nixe« drehte sofort in die Strömung, die gegen Nordwesten auf Letztesand zu lief. Es schien mit einem Schlage dunkel geworden zu sein.

»Domine, Domine!« ächzte Hilbertus. Er konnte bei dieser Eile am Ruder nur sehen, das Schiff auf dem Kurs zu halten. »Raucht aber eure Pfeife jetzt hier im Boot fertig! Weiter draußen tut es uns nicht mehr gut, im Dunkeln Feuer zu schlagen!«

»Hilbertus, ich traue dir nicht«, drohte der Domine, der bis zur halben Masthöhe vorn im Boot aufragte. Er behielt die Pfeife wie einen Feldherrnstab kalt in der Hand. Im Herzen jammerte es ihn, welche Angst diese verkommenen Nachfahren alter Seehelden zeigten. Er selbst fühlte den breiten Hut wie einen Helm auf dem Kopf. Wahrhaftig, er hätte ein

Heerhorn an den bärtigen Mund setzen mögen, um diese männliche Ausfahrt gegen Asasel drohend voraus anzukündigen. So fuhren sie, und hinter ihnen kehrten die schwärmenden Möwen langsam zurück, nachdem sie den einzelnen Vogel bis weit hinaus auf die offene See gejagt hatten.
Es war sternenlos dunkel. Der Dunst des warmen, stillen Tages hing noch die ganzen Stunden der Ebbe hindurch über der See. »Nun sind wir wirklich im Teufelsreich«, dachte Domine Josiah Bolt befriedigt, als sie immer weiter hinein in die Lücke zwischen den Inseln fuhren. Als schwarze Flächen glitten die Sande langsam an ihnen vorbei. »Wüst und leer ist alles«, nickte der Domine, »der böse Geist kann ja nichts von lebendiger Schöpfung erfinden!« Aber es kündeten auch schon Anzeichen von Gefahr in dieser Finsternis und nassen Einöde. Die Bugwelle der »Nixe« zeigte einen feinen, grünlich schimmernden Rand von Meerleuchten, und wenn Hilbertus das Ruder bewegte, wallte ein Glimmschein im Kielwasser zurück. Der Domine wollte singen, aber Hilbertus bat ihn ächzend, »es« doch nicht herbeizurufen.
Sie kreuzten den Strom, der jetzt in stärkeren Wellen lief. Um das Boot her war ein ununterbrochenes Schmatzen und Rauschen in der Finsternis. Die Dünung hob und senkte sie, und manchmal strömte das Funkeln des Meerleuchtens plötzlich in Streifen neben ihnen aus.
»Hah, zeigst du dich endlich, Asasel?« brüllte der Domine plötzlich los, daß die beiden hinten im Boot zusammenfuhren. Eine schwarze große Gestalt tanzte langsam in dem graublanken Nichts draußen auf und nieder. Aber es war nur eine Fahrwassertonne, die dort verankert lag. Hilbertus war jetzt froh, daß der Domine die Pfeife nicht ausgeraucht hatte. Hier in der schreckhaften Unwirklichkeit konnte es nur ein Vorteil sein, einen Geistlichen an Bord zu haben.
Als sie dann aber bis unter Dodemannsplate gekommen waren, fand Hilbertus es höchste Zeit, die »Nixe« auf Grund zu

setzen. »Und was ist nun hier?« fragte der Domine aus dem Dunkeln vom Mast her, als das Schiff sanft aufstieß, sich drehte und Poppe das Segel herunterholte.
»Dodemannsplate ist hier!« flüsterte Hilbertus. »Und dann kommt nach draußen zu noch ein Priel, und dann ist Letztesand. Das hier sind noch vor dem großen Krieg Ackerfelder gewesen. Seid bloß leise hier! Das Volk aus den Häusern, die hier herum gestanden haben, das sind Tote. Über hundert Jahre alt, und die werden ja mit der Zeit immer noch schrecklicher!«
»Armer Mensch, mit solchem Spuk neckt euch ja nur der Teufel«, schalt Domine Josiah Bolt mit unterdrückter Stimme. »Siehe, ich werde jetzt hingehen und mir Asasel ansehen und eine Pfeife mit ihm rauchen, wenn er gesprächig ist. Heute nacht sollt ihr innewerden, daß auch der böse Geist nur eine armselige Kreatur Gottes ist, so man ihn nicht fürchtet.«
Aber Poppe weigerte sich diesmal, den Domine im Prahm über das seichte Wasser zu bringen. So ergriff der große Kämpe selbst den Riemen und stieß sich an dem schwankenden Kasten aufs Ufer zu. Das Meerleuchten schwappte nach allen Seiten hinaus. Der Sand lag tintenschwarz in der wehenden Finsternis. Vom Boot aus sahen sie, wie der Domine drüben Feuer schlug; kurz darauf hörten sie ihn unerschrocken nach dem Feind rufen.
»Und wir werden die Störung büßen müssen«, schimpfte Hilbertus leise. Plötzlich schrie er heiser auf. »Er raucht ja die Pfeife! Wenn er da drüben jetzt hinschlägt, haben ihn die Nachtgänger zur Hand wie einen gestrandeten Schweinsfisch!«
»Vor zwei Stunden werden wir hier nicht flott«, brummte Poppe. Hilbertus überlegte, daß ihm dann nichts übrig blieb, als es so einzurichten, daß sich der Greuel dann erst über Poppe Ehlers hermachen mußte.

Aber die Pfeife, die der tückische Hilbertus dem Domine mit Bilsenkraut versetzt hatte, warf den gewaltigen Mann nicht um, sondern es kam nur der Rausch einer unbändigen Tatkraft über ihn. Nichts als Zorn fühlte er, daß er den Sand in der Finsternis leer antraf, obwohl ihm schien, daß Gestalten nach verschiedenen Richtungen flohen. »Zeig dich doch, du gehörnter Gaukler!« rief er. Er kam bis an den Priel, über dem er gegen den helleren Himmel die Dünenbuckel von Letztesand erkennen konnte. »Komm doch herüber, Asasel, wenn du Mut hast«, ließ der Domine sein Heerhorn bis nach Letztesand dröhnen.

Und da kam sofort auch etwas von Letztesand herüber. Erst war es nur am Meerleuchten zu erkennen. Dann aber hörte der Domine auch das Rauschen eines Gehens im Wasser und und stellte sich breitbeinig im Finstern zurecht. Und kurz darauf kamen langsame Schritte über den Sand auf den Domine zu. Er konnte sie einen nach dem andern am grünen Aufglimmen des Meerleuchtens im nassen Boden erkennen, und bald links, bald rechts von den Stapfen wischte es dabei wie mit einem Schweif. Aber er sah keine körperliche Gestalt, auch oben nichts von Hörnern oder Augen. Und dann plötzlich langte es dem Domine aus der leeren Dunkelheit heraus zwei ungeheure Backpfeifen rechts und links, daß ihm die Ohren summten und der Hut herunterflog. Ganz hart und verdutzt konnte er zuerst nur dastehen, aber die glimmenden Fußstapfen gingen sofort wieder zurück zum Wasser.

»Wart doch noch ein bißchen und zeig dich, du Feigling!« rief der unverzagte Kämpe endlich. Aber das Wasser rauschte schon wieder und funkelte, und das grüne Kielwasser zog sich nach Letzesand hinüber. Furchtbar kam da in dem Rausch der betäubenden Pfeife der Männerzorn über den großen Domine. Wütend stampfte er zurück und schleifte dabei den schweren Kastenprahm mit ungeheurer Kraft über die ganze Dodemannsplate hin. Dann stakte er über den Priel

dem bösen Feind nach. So kam Domine Josiah Bolt zwei Nächte vor Neumond bei Niedrigwasser auf Letztesand an, um den Teufel dabei zu erwischen, wie er die armen Seeleute am Rande der christlichen Welt mit seinem Blendwerk ängstigte.
Das seichte Wasser rauschte und funkelte um seine Schritte, als er aus dem Prahm stieg und auf die verrufene Insel kam. Jetzt prägte er die glimmende Spur auf den feuchten Sand. Erst nach einer Wanderung, die ihm unwahrscheinlich lange zu dauern schien, erreichte er das trockene Dünengelände. Hier aber stand er auch fast sofort schon oben auf der letzten Anhöhe. Vor ihm dämmerte die leere Weite. Er hörte vor sich die offene See in regelmäßigen Schlägen rauschen. Wenn er an dem Band von Meerleuchten entlangschaute, das bei jedem Schlage auffunkelte, sah er die Grenze des kleinen Eilandes. Ganz leer schien ihm alles hier draußen dazuliegen. Doch wie er so stand, tauchte die Erscheinung einer einzelnen Möwe weißlich von der See her auf. Das Tier schwebte langsam, als wenn es vom Fliegen ganz erschöpft sei, in lautlosen Kreisen um Josiah Bolt herum. »Mach mich nicht schwindlig!« wollte er sagen. Aber seine Kehle konnte plötzlich nicht mehr sprechen. In diesem Augenblick des Stillstehens wirkte der betäubende Rauch wohl so, daß der Mann mit einem Male von einer Starre überwältigt wurde. Er schlug in die Büschel von Strandhafer hin, ohne daß er es fühlte. Doch hörte und sah er immer noch in diesem merkwürdigen Zustand, und er war immer noch fest entschlossen, dem Feind unter die gehörnte Stirn zu spähen. Der Listige hat mich so weit gehen lassen, daß er mir jetzt hinter dem Rücken steht, dachte Josiah und quälte sich, nach hinten zu sehen. Aber zuerst war nichts als Finsternis über ihm; nur die lautlose Möwe kreiste wieder und wieder durch sein Blickfeld. Allmählich aber unterschied der Domine hinter seinem zurückgebogenen Kopf auf der Düne eine eckige

schwarze Masse. Er mußte dieses große Ding in der unermeßlichen Dunkelheit vorher wohl nicht beachtet haben. Plötzlich war ein düsterroter Flackerschein in dem schwarzen Umriß, und dann stand ein erleuchtetes Fenster mit seinen bleigefaßten kleinen Scheiben da. »Hier ist ja ein Haus auf Letztesand«, dachte er, »und in der Stube haben sie eben Licht gemacht! Wer kann hier nur wohnen?«

Er hörte die Möwe hinter sich leise kreischen. Im selben Augenblick stand er aber auch schon, ohne daß ihn der Wechsel der Umgebung in besonderes Staunen setzte, im Innern der Stube. Dicht vor ihm flackerte und rußte die Flamme eines Kienspans, der in einem eisernen Halter steckte. Der Domine wollte sich setzen. Sofort fand er sich an eine Wand zurückgewichen und auf einer grobgezimmerten Bank sitzen, die er aber nur sah und zu seinem Staunen nicht fühlte.

Die Stube mußte Teil eines sehr niedrigen, altertümlichen Holzbaues sein. An der einen Schmalseite öffnete sich türgroß eine Feuerstelle mit gekachelten Seitenwänden. Die Asche unten war glattgestrichen und festgedrückt, wie es sich zur Nachtzeit gehört. Am Fenster unter dem Kienspan saßen zwei Frauen auf derselben Wandbank wie er. Nur von der Tür unterbrochen lief die Bank um drei Seiten der Stube. Die alte wie auch die junge Frau steckten in einer groben, faltigen Bauerntracht. Sie schienen voller Angst auf etwas zu warten, was durch die Tür kommen sollte.

»Warum sehen mich diese Weiber eigentlich nicht?« dachte Josiah Bolt. Es wunderte ihn immer mehr, daß die ganze Anfechtung so gar nichts mit ihm zu tun zu haben schien. Schließlich bemühte er sich, die Weiber anzurufen; er brachte aber nur ein gequältes Ächzen heraus. »Wie ein Traum steht das um mich«, dachte er, »aber dies ist doch viel zu wirklich für einen Traum!«

Jetzt blickte die alte Frau flüchtig zu ihm hin. Ihr Gesicht war schrecklich verhärmt. Offenbar starrte sie durch den ganzen Domine Josiah Bolt wie durch leere Luft auf die gekalkten Balken der Hauswand hinter ihm. Aber ihn selbst packte ein leises Entsetzen unter ihrem Blick; denn diese alte Frau schaute ihn mit seinen eigenen Augen an, wie er sie aus dem Spiegel kannte! Und als er das Gesicht der jungen Frau genauer ansah, schien ihm auch in deren Zügen etwas Vertrautes zu sein. Aber der Mund beider Frauen hatte auch wieder die Wildheit von Tieren. Josiah Bolt wollte aufspringen. Mit den Beinen ging es nicht, aber kaum hatte er es gedacht, als er auch schon mitten in der Stube schwebte. Ein Gefühl warnte ihn vor unbekannter Gefahr. Schütterte nicht leise das Fenster? Aber das dumpfe Brausen und Rollen draußen schien nur in die Weite hinwegzuziehen und in unermeßlicher Ferne zu vergehen. Hier drohte mehr als Anfechtung und Blendwerk!

Ehe der Domine nur Zeit gefunden hatte, sich unverzagt auch in diesen seltsamen Zustand zu finden, erklang draußen im Hausgang ein Gepolter. Holzschuhe trappelten und wurden an der Wand von Füßen abgestreift. Rauhe Stimmen sprachen gedämpft. Männer und immer mehr Männer mußten ins Haus dringen, die lautlos durch den Dünensand herangekommen waren und sich nun im Haus vor der Tür sammelten. Die zwei Frauen unter dem Kienspan drückten sich in der Ecke zusammen und nahmen die Schürzen vor das Gesicht. Die jüngere heulte langgezogen auf wie ein Tier in Todesnot.

Die Gewißheit, daß etwas Schreckliches nahte, trieb Josiah Bolt wie einen Rauchfetzen im Wind zurück in die schützende Dunkelheit der Ecke. Aber statt der erwarteten Männer erschien erst noch ein neues Phantom. Mitten aus der gekalkten Seitenwand löste sich eine starre Frauengestalt, schwebte durch die Stube auf die andere Wand zu und durch sie hindurch und erschien dann wiederum auf dem Ausgangspunkt in einem lautlosen gespenstigen Kreise. Nach

unten gewandt und mit ausgebreiteten Armen lag sie in der Luft gleich einer Ertrunkenen, aber in ihrem Gesicht sah er, daß sie nur schlief. Voller Entsetzen und Empörung über diese neue Art teuflischen Blendwerks wollte der Domine »Frauke« rufen, da sah er an den dicken geflochtenen Zöpfen, daß es eine Erscheinung seiner lebendigen Tochter war. Aber wie er voll Grimm auf sie schaute, sah er auch, daß die alte Frau auf der Bank die Schürze vom Kopfe gerissen hatte. »Die Abholerin«, kreischten beide Weiber mit ihren wilden Tiermündern. Und beide waren im Nu aufgesprungen und haschten und krallten und schlugen nach der schwebenden Gestalt. Sie entzog sich ihnen willenlos, nur wie von einer Luftströmung immer ein wenig zur Seite geführt. »Man muß ihr doch helfen«, fühlte der Domine verzweifelt seine Ohnmacht. Aber da flutete schon ein unbestimmtes goldenes Schimmern und Glitzern schützend in der Luft zwischen der schwebenden Gestalt und den Hexen. »Frauke hilft ihr schon«, fühlte der Domine. Wie eine Kerzenflamme in sich schrumpft und verlöscht, so wich die Erscheinung durch die Wand hinweg. Die Hexen starrten. Und dann schrien sie gellend und warfen sich auf die Bank zurück; denn jetzt flog die Tür auf! Es war keine Zeit, den Ereignissen zu entkommen, die hier vor sich gingen!
Ja, die Tür zum dunklen Hausgang stand weit offen in die Stube hinein. Sie zitterte noch unter einem Tritt von bloßen Füßen. »Dies habe ich doch schon erlebt«, versuchte Josiah Bolt sich zu erinnern. Ihm war, als wüßte er, was jetzt kam. Zwei wildaussehende Männer stießen einen jungen Menschen herein, dem die Arme auf den Rücken geschnürt waren. »Ich weiß es«, fühlte Josiah Bolt. Die Kleidung hing dem Gefangenen in Fetzen herunter. Seine Haut zeigte überall die Spuren roher Mißhandlung. Dann folgte ein grauhaariger großer Alter mit einem finsteren Löwengesicht. Der Mensch war so überlang, daß er gebückt unter der Decke ste-

hen mußte. Und während Josiah Bolt den Riesen noch mit einer unerklärlich ehrfürchtigen Scheu anstarrte, kamen fünf jüngere Männer, die wie Söhne des Alten aussahen, und kamen immer noch mehr Leute. War nicht der alte Poppe darunter? Schauten da nicht Fraukes Augen aus einem schwermütigen Gesicht? Sie stellten sich alle mit einer merkwürdigen Feierlichkeit abgesondert von dem Gefesselten auf, und dem Lauscher bestätigte sich, was er schon gefühlt hatte: Der Alte und der Gefesselte und die fünf hatten alle wie die Frauen seine eigenen Augen! Dabei war diese ganze Versammlung aber durchaus fremdartig, als wären Menschen einer längst vergangenen Zeit zusammengekommen.

Domine Josiah Bolt hing in der fernsten Ecke oben in der Luft zwischen Balken gepreßt, die er jedoch nicht fühlte. Er erkannte den wilden Vorgang, der sich hier abspielte, nur langsam und ungefähr wieder, weil die Sprache hinpolterte, so wie Steinbrocken über Bohlen rollen. Diese Bauern hielten Gericht über einen Ausreißer! Der Junge, der trotzig unter dem Kienspan stand, trug die Fetzen einer bunten Landsknechtstracht. Die Bremer Bischöflichen hausten im Lande. Den Jungen hatte es allezeit zu höheren Dingen getrieben als sie die sinnlose Bauernmühsal auf dem vom Meer bedrohten Hof als Entgelt bieten konnte. Hochmütig hatte er sich durch seine Gaben aus dem Boden, in dem er doch gewachsen war, fortreißen lassen. Alle Strenge hatte ihn nur rachsüchtig gemacht. Als das Soldatenleben lockte, war er zum Feind geflohen. Und die Bauern, die in den Nächten einen verstohlenen Krieg auf eigene Faust gegen die fremden Söldner führten, hatten ihn nun eingefangen. »Jan Bolt, dein Sohn!« Und: »Bist du Hund gegen deine eigenen Leute gegangen?« Diese Reden verstand der Lauscher immer wieder, und ein Wille, sich einzumischen, als wenn er dazu gehörte, zog ihn trotz allem Grauen immer wieder näher heran. Schließlich stand er mitten unter den Leuten.

Der Junge sprach überhaupt kein Wort. Bei diesem unerbittlichen Standgericht in der Bauernstube waren offenbar alle davon durchdrungen, daß man den Ablauf der Dinge nicht ändern könne: Man darf alles, aber man darf nicht gegen seine Leute gehen. Wer es dennoch versucht, der wird am Wasserrand innerhalb der Flutgrenze bis an den Hals in den Sand eingegraben. Die See wird ihn dann schon das Dableiben lehren, — bald oder später, wie sie will.
Der Domine versuchte mit furchtbarer Anstrengung immer wieder vergeblich, in diese grausame Entscheidung hineinzureden. Er war doch jetzt der große Domine Bolt! Es geschah aber höchstens ab und zu, daß einer der Leute mit seinen Augen befremdet auf ihn und durch ihn hindurch schaute. Schließlich polterten die Bauern mit dem Gefangenen hinaus. Der Lauscher hörte Schaufeln klingen, die von den Pflöcken gerissen wurden; dann war es plötzlich wieder still.
Die Frauen saßen schluchzend auf der Wandbank.
Der Domine verstand ihre ungefügen Reden jetzt schon besser: Wenn der Tag graut und die unbarmherzigen Möwen zu fliegen beginnen, wird die Mutter hinausgehen. Sie wird den armen Kopf, der nach der ersten Flut vielleicht noch lebendig aus dem Sand ragt, mit der Schürze bedecken und vor den Vögeln schützen. Das darf die Mutter tun.
Die junge Frau kniete vor der Truhe hin und holte der Alten eine neue Schürze heraus. So sah das einzige Erbarmen aus, auf das ein Fremdgänger noch hoffen durfte.
Josiah Bolt packte die Alte am Arm, er versuchte, sie zu schütteln, und schrie laut auf sie ein. Ganz langsam schien sie seine Anwesenheit zu bemerken. Und dann plötzlich schaute sie ihn richtig an. Ihr Mund formte leise Worte, während ihr die Tränen immerfort aus den Augen flossen: »Bist du denn jetzt schon zurückgekommen, bist du denn schon tot, mein Junge? Ach, du mein armer Klugschnacker!« Und

plötzlich schlug sie ihm mit einer mütterlichen Bewegung die Schürze über den Kopf.
Eiskalt schlug es dem Mann unter der Schürze ins Hirn. Er fühlte sofort, daß er unter diesem schrecklichen Tuch ersticken mußte. Er riß und zerrte und konnte das Tuch nach qualvollem Mühen auch nach und nach fassen, aber es schien ja kein Ende zu haben. Half ihm denn niemand? Ja, ganz allmählich kam ihm bei diesem furchtbaren Ringen zum Bewußtsein, daß ihm wirklich noch jemand half. Noch andere, kleine und feste Hände waren von außen her da, die mithalfen und kräftig an der Schürze zerrten und rissen. Und endlich glitt die ganze Bedrückung mit einem Ruck von ihm ab, und der Domine Josiah Bolt tat in Dunkelheit und Kälte, aber in freier Luft, einen ungeheuren Atemzug. »Vater unser, der du bist im Himmel!« Er lag still und tat die Augen auf. Die Welt, die er kannte, kam allmählich wie etwas ganz Neues über ihn. Gut war es zu liegen; es war fast, als wenn sein Kopf sorglich in einen Schoß gebettet läge. »Geheiligt werde dein Name!«
Die Welt war jetzt auch heller geworden. Hinter seinem Rücken mußte die späte Mondsichel aufgegangen sein. Strandhaferhalme beugten sich, schwer mit Tau beperlt, auf den Sand dicht neben ihn. Der Nachthimmel in der Höhe war klarer, und der ganze Luftraum war von dem Rauschen über endlosen Wasserflächen erfüllt. »Dein Reich komme!«
Als der Domine sich mühte, nach unten zu schauen, sah er die dunkle Fläche der See. Am flimmernden Meerleuchten um den helleren Sand herum sah man, daß Letztesand jetzt nur noch ein kleiner Fleck war, mitten in einer ungeheuren Scheibe schwarzer Wasserfläche. Und auf all das hingen feierlich die bleichen Sterne herab, wie Lampen aus einer unermeßlichen Kuppel. »Wie im Himmel also auch auf Erden.«
Obwohl das seltsame Gesicht jetzt vergangen war, glaubte der Domine, immer noch die Hände oben an seinem Kopf zu

fühlen, die so wacker geholfen hatten, ihn aus dem schrecklichen Tuch zu befreien. Halb unbewußt hatte er begonnen, das Vaterunser vor sich hinzusprechen. Aber gerade, als er es jetzt richtig weitersagen wollte, packten die Hände an seinem Kopf plötzlich fest zu. Er mußte stillhalten. Wahrhaftig, und es zauste zweimal derb in seinen Löwenzotteln, und ehe er den Mund nur auftun konnte, hörte er hier draußen auf dem letzten kleinen Randstückchen Welt die Stimmme seiner Tochter Contentia. »Vater, och Vater!« schluchzen und fühlte einen ganz wirklichen nassen Kuß auf seiner Stirn. Und dann flatterte etwas hinter ihm auf, und er rutschte plötzlich ohne Halt zurück und lag mit dem Kopf im nassen Strandhafer, daß der Tau schwer auf ihn troff. Darüber kam der Domine prustend und sandig ganz zu sich, stand auf und schüttelte sich.
Der gewaltige Mann räusperte sich tief, spuckte und schnaufte stark. Hier stand er also richtig auf Letztesand! Er mußte knarrend lachen. Wie war er doch aufs Maul geschlagen worden bei dieser mannhaften Ausfahrt — vom Teufel mit zwei Backpfeifen, die ihm den Hut gekostet hatten, und von Gott mit einem Gesicht, dazu man nur staunen und schweigen konnte. Wunderliches Wort: Man darf nicht gegen seine Leute gehen!
Jetzt war die Flut gekommen, und alle Geheimnisse um Letztesand waren wieder zugedeckt. Unter acht Fuß Wasser lag wieder der Boden, auf dem Josiah Bolts Vorfahren einst als gewaltige Leute ihr Wesen getrieben hatten. Dunkelblank und ohne Geheimnis spiegelte die Fläche um Letztesand wieder nur die Sterne des Himmels. Und mit der Ebbe würden in der nächsten dunklen Nacht auch wieder die alten Bolts mit ihrem Land an die Luft herauskommen. Wie töricht hatte er Gottes Geheimnisse für Blendwerk gehalten.
Nur den Hof, darin wir wohnten, und die Ackerfelder unserer Arbeit kennen wir Lebendigen ja von Gottes Welt. Und

ein rechter streitbarer Mann kann wohl zufrieden darüber schnaufen, daß noch weite Ausfahrt geschehen kann, ehe an jeder Grenze ein Kerl seine Fußstapfen in den Boden geprägt hat.

Der große Domine lachte leise, als er sich über die Stirn wischte, wo er noch den nassen Kuß zu spüren glaubte. Was würde das kleine Tentje wohl für Augen machen, dachte er liebevoll, wenn ich ihr das sagte: eine Ahne, die dir gleich sieht wie ein Ei dem andern, hat mich draußen auf Letztesand in unvorstellbaren Gefahren schützend wie ein Muttervogel umkreist und wie ein Kind wachgeküßt! Man soll ja dem weichen Frauenvolk von solchen Dingen nichts sagen, dachte er weiter, auch nichts von anderen, die noch wunderlicher nur wie ein feiner goldener Lichtschimmer durch solche Erlebnisse hingleiten . . . Aber der Domine fühlte doch, daß eine neue gewaltige Zuneigung zu seiner Frauke-Tochter hier auf Letztesand in ihm aufgestanden war. Wenn ein mannhafter Kerl nach Letztesand ausfuhr, sollte er ja wohl Wunderliches erleben!

Und eine letzte wunderliche Notwendigkeit zwang den Geistlichen in dieser Nacht noch etwas zu tun, worüber er sich später nie Rechenschaft geben konnte. Wohl eine Stunde lang, bis der Morgen schon nahe sein mußte, suchte der große Teufelsverfolger Domine Josiah Bolt am Seestrand des kleinen Eilandes umher, um mit dem Teufel ein Wort zu reden, so wie man es mit einem wackeren Todfeinde wohl in einer Pause des Ringens tun mag. Oft lauschte er und rief auch in die Nacht hinaus: »Asasel, du Schrecklicher, du um deine Sinne gekommener Bruder, komm doch noch einmal über den Sand gestapft!« Aber keine Spur entstand gleißend auf dem dunklen Wasser; keine Tritte zeichneten sich auf dem Boden ab, von dem jetzt auch nur noch das trockene Dünengebiet über den Wassern lag. Weit draußen in der webenden Dunkelheit über der offenen See glaubte der Domine noch einmal das dumpfe Brausen und Rollen zu hören, das aus Fernen zu kommen schien, wie man sie auf der Erde überhaupt nicht messen kann. Und der Domine war betrübt, als habe er eine unerklärlich bedeutsame Gelegenheit töricht verloren. Es war jetzt Flutzeit, und alle Geheimnisse um Letztesand lagen zugedeckt.

Endlich sah er, daß der Osthimmel im ersten Morgengrauen schon näher herangerückt schien. Der Domine warf den Rock ab und wusch sich in dem bitter salzigen Wasser. Getan war die große Ausfahrt, wie sie hatte geschehen sollen. Es war nicht nötig, alles zu verstehen.

Als Josiah Bolt sich in der Morgenröte wieder anzog, war auf dem schwarzen Wasser landwärts auch schon der Schatten der »Nixe« zu erkennen, die unter dem dunklen Fleck ihres Segels langsam den Platz veränderte. »Poppe Ehlers, und jetzt muß ich euch in die Kirchenbuße nehmen«, sagte der Domine im Warten. Aber er dachte auch: man darf nicht gegen seine Leute gehen . . .

Jetzt stand die »Nixe« in Rufnähe. Gewaltig donnerte Josiah Bolt, der graue Löwe, sein »Quos ego! Ich werd' euch schon!« über das Wasser hinüber. »Ich hab's dir ja gesagt«, zischelte Hilbertus erleichtert, »einen Kerl wie den müssen wir sogar von Letztesand zurückfahren!« Poppe holte den geistlichen Herrn in den Prahm.

Der Prahm nämlich war schon vor einer Stunde im Dunkeln plötzlich auf dem Wasser an die »Nixe« herangedriftet. »Da sitzt eine lahme Möwe drin — wenn es wirklich eine ist«, hatte Poppe gesagt. Aber Hilbertus hatte nach der Möwe gegriffen wie ein junger Fischer nach seinem ersten Kind und hatte sie vorn unter der Back auf seine eigene warme Jacke gebettet, obwohl er doch das Reißen in der Schulter hatte und die Jacke bitter nötig. Hilbertus tat eben dauernd Sachen, die Poppe nicht verstand. Aber es ist ja auch nicht nötig, daß der Bestmann seinen Schiffer versteht.

Jetzt hatten sie also den Domine glücklich wieder an Bord, und vor dem bißchen Wind, der bei Tagesanbruch auf das Land zu wehte, konnten sie noch vor dem schlimmsten Ebbstrom ins seichtere Watt hinüberkommen. Poppe fand, sie hätten genug für die eine Nacht erlebt, und er hoffte, auch der Domine würde jetzt zufrieden sein. Soweit man in dem Dämmerlicht erkennen konnte, war es auch dem dritten Mann nicht unlieb, daß sie jetzt lebendig zum Rückweg wenden konnten. Poppe fierte die Schoten und versank wieder in der dunklen Höhlung des Bootes, um einen Törn zu schlafen. Der Domine setzte sich auf der Mastbank zurecht, schön gegen das Segel gelehnt, aber diesmal mit dem Gesicht nach den beiden Alten hin. »Freiwache«, dachte Poppe und schloß die Augen.

»Ich werde euch also nicht in die Kirchenbuße nehmen«, sagte der Domine da mit kräftiger Stimme, während die »Nixe« ganz hübsch Fahrt aufnahm. »Ihr habt hier draußen wohl manches um euch herum, wozu man an Land nur schweigen kann.« Poppe nickte schmunzelnd, aber dann war es mit der Freiwache vorbei. Denn während es immer heller wurde, hielt Domine Josiah Bolt den beiden alten Krummhosen im Boot eine so donnernde höchstpersönliche Kirchenbuße über die Erbärmlichkeit ihrer Hexenkünste und über die christliche Tapferkeit, daß bei Hilbertus die Augen schließlich ganz entzündet aussahen und er aufzuschnupfen begann. Poppe nahm das ja wohl ruhiger auf. Aber als der Domine bei Sonnenaufgang die erste Pause machte, sah Poppe doch mit Besorgnis, daß immer noch eine Stunde Fahrt bis zum Deich vor ihnen lag. Auch die Möwe vorn im Boot quarrte jetzt leise, als hätte sie genug.

Aber da hatte der einfältige alte Poppe Ehlers inzwischen auch bemerkt, daß sich der Domine schon zum drittenmal unwillkürlich nach dem Samtbeutel mit Portoriko gebückt hatte, der oben aus dem offenen Felleisen herausschaute.

Und da langte der Alte mit gutmütigem Grinsen nach der Fangleine und zog den Prahm im Sitzen an die »Nixe« heran. Und dann schob und ruckelte er sich mit dem Oberkörper über den Bordrand und tauchte wahrhaftig mit Domines Meerschaumpfeife wieder auf. Er hatte sich erst, als er die Sonnenkugel so schön rund auf dem Horizont liegen sah, daran erinnert, daß die Pfeife ja bei der Möwe im Prahm gelegen hatte.

»Auch eine Möwe war im Prahm«, sagte er, um vielleicht doch etwas von dem geistlichen Zuspruch abzulenken. »Da vorne liegt sie und denkt gar nicht mehr ans Wegfliegen!« Hilbertus grinste verschlagen. Und siehe, der Domine schwieg nachdenklich, während er die Pfeife ausklopfte und mit Genuß wieder füllte. »Hat Sielwärters Tientje nicht damals an so einer zahmen Möwe viel Freude gehabt?« fragte er. »Wir wollen diese Möwe meiner Tochter Contentia mitbringen!«

Hilbertus grinste wahrhaftig wie ein Verliebter, dessen Werben Erfolg hat. »Ich trage sie dem Domine sofort hin, wenn wir festgemacht haben«, sagte er eifrig.
Die Sache schien ihm ungeheuer zu gefallen. Wenn das Tentje nicht zu Hause sei, meinte er, müsse man ihr die Möwe heimlich in die Kammer setzen.
»Aus dem Hilbertus wird kein Mensch klug«, dachte Poppe Ehlers, der das Schlafbedürfnis in jedem Knochen einzeln fühlte. Aber die Sonne stand jetzt schon so hoch, daß sie schön zu wärmen begann, und von der Kirchenbuße schien dem Domine in der Tat jetzt endgültig der Tampen aus der Hand gelaufen zu sein.
Als Domine Josiah Bolt beschaulich schweigend wieder große Wolken um sich blies, rückte sich der Alte schmunzelnd so zurecht, daß ihm der Wind den Duft zutrug. Die Sonne stieg höher und höher; dem jungen Tage bot sich die spiegelklare, abebbende See jetzt ohne Geheimnisse dar, und der grüne Deich rückte langsam heran. So kehrten die drei in einer guten und geziemenden Art von Nachbarschaft von der Fahrt nach Letztesand zurück.

DER WOLF AUF SPOEKSAND

Vor fünfhundert Jahren gehörte die flache Nordseeküste noch auf viele Meilen Breite im Wechsel von Ebbe und Flut gleicherweise zum Wasser wie zum Lande. Mit ihrem Gefurch von Stromrinnen war sie eine gefürchtete Seeräuberküste.

Damals gab es bei den gesetzlosen Bruderschaften eigenwüchsige, wilde Schiffsrechte, die nur in dieser Unnatur am Rande der bewohnbaren Welt entstehen konnten. Eines davon hieß das Fremdgehenlassen auf der Planke.

Hatte ein Mann das Vertrauen seiner Schiffskinder verloren — ohne daß man doch genau wußte warum — so überließ man die Entscheidung über ihn, auch wenn es der Kapitän oder Schiffer selbst war, den Strömungen der Gewässer. Mit dem Strom hing in diesen Gegenden ja alles zusammen, was Seeleute unternahmen. Nach dem Beschluß, den die Schiffsgemeinde auf Deck unter dem Himmel fassen mußte, band man den Verfemten nackt auf eine Planke und übergab ihn so der laufenden Ebbe. Doch mußte dem Fremdgänger für den Fall, daß Gott ihm an ein Ufer helfen wollte, ein Ledersäckchen mit Feuerzeug und ein Messer umgebunden werden, So kam der Jonas von Bord ohne Sündenschuld für das Schiff.

Dieses Schiffsgericht wurde einst an einem Oktoberabend auf einer Seeräuberkogge abgehalten, die auf der Fahrt landeinwärts bald hinter den äußeren Inseln auf dem Hundesand in verzweifelter Lage festgekommen war. Sie lag auf der Westseite der großen Strommündung. Ein zweitägiger schwerer Wind war vorüber, aber der Himmel war immer noch ein düsteres Gewölbe buntrandiger Haufenwolken. Der Südwesten glühte jetzt am Abend tief und dunstig wie ein Ofenloch. Auf der nächsten Insel über dem vom Ebbstrom gestreiften Wasser sah man schwarz und klein einen Menschenhaufen; dort warteten dreist gewordene Feinde auf die Vernichtung des Räuberschiffes. Denn vom Süden her kamen auf dem Strom drei gestreifte Segel rasch heran, das waren die Kriegskoggen der Stadt drinnen in den Marschen. Erst Stunden nach Mitternacht konnten die Räuber hoffen, hier wieder flott zu werden, und bis dahin mußte der letzte Kampf längst vorbei sein.

In ihrer grimmigen Verzweiflung wollten jene Schiffsleute nicht mehr mit ihrem Anführer, dem berüchtigten Murman Kock, zusammenbleiben. Nicht nur, daß er ihnen für das Mißgeschick der Strandung verantwortlich war; sie hatten auch allezeit trotz seines unleugbaren Glücks ein tiefes Mißtrauen gegen den Mann nicht loswerden können.

Murman Kock war von anderer Herkunft als das rohe Volk, und er hatte das weder verborgen noch aufgeklärt. Noch aufreizender als dieser Hochmut aber war die Tatsache, daß jeder der Gesellen sich vor diesem immer kühlen und gleichen Manne sofort an seine eigenen geheimen Schwächen und Unzuverlässigkeiten erinnert fühlte. Auch in der einfachsten und wildesten Natur ist ja dergleichen wie ein verborgener, erdiger Spalt im Eisen vorhanden; der Mensch erlebt den Bruch immer in seinen Träumen und wacht danach unbegreiflich mißmutig auf.

Murman Kock aber war völlig verschlossen in seinem Wesen, und man konnte wohl bei dem Gedanken erschrecken, daß man durch den Schiffseid gezwungen war, den Weg dieses Lebens bis zum Ende mitzugehen. »Zonder Faxen« — ohne Getu — war Murmans Losung, und sie klang in seinem Munde grausam. »Zonder Faxen« hieß auch sein großer schwarzer Wolfshund, mit dem er sprechen konnte wie mit einem Menschen.

Über diesen Mann also, der wie stets hochmütig schwieg, wurde damals Gericht gehalten von Männern, die brüllten,

um sich nicht als Narren fühlen zu müssen. Die Schiffsgemeinde verurteilte Mann und Hund schließlich unter dem dunkelnden Abendhimmel dazu, fremd von Bord zu gehen. Man wollte wenigstens beim letzten Gang unter Kameraden sein.

Der Hund flog zuerst über das Schanzkleid in das noch mannstiefe Wasser. Der Strom riß ihn fort, doch kam er schon hundert Ellen weiter auf eine seichte Stelle. Da stemmte er sich gegen das Wasser und begann nach dem Schiff zu heulen. Als aber sein Herr auf der Planke nachkam und von der wogenden Strömung an ihm vorbei ins tiefe Wasser geführt wurde, verließ das Tier plötzlich seinen Zufluchtsort. Man sah noch, wie es die Planke mit der weißlichen Gestalt schwimmend erreichte und hinaufzuklettern versuchte. Bald aber war alles in der Abenddämmerung und zwischen der höheren Dünung draußen verschwunden, davon abgesehen konnte die Planke das doppelte Gewicht von Mann und Hund gewiß nicht tragen.

Murman Kock sah noch kurze Zeit sein Schiff, wenn eine Woge die Planke aufhob und drehte. Aber rasch wurde es ganz klein. Das war nun auch vorbei.

Es war kalt. Murman Kock kämpfte lange Zeit ums Leben mit seinem aufgeregten Hunde. Er konnte ja nur mit seiner Stimme kämpfen. Es gelang ihm endlich, das Tier, das zuerst sinnlos zu ihm hinaufstrebte, zu beruhigen und zu seinen Füßen zu halten.

Der Wolfshund war klug. Murman leitete ihn an, obwohl sie bei jeder raschen Bewegung durch das Wasser tauchten, die Stricke zu zerbeißen. Endlich war der Mann frei geworden. Er umschlang mit einem Arm die Planke, mit den anderen den Hund. Der Hund war warm. So kämpften sie frostschauernd in der rasch zunehmenden Dunkelheit gegen die Strömung, die sie erst immer wieder hinunterdrehen wollte.

Der erfahrene Schiffer wußte, daß er sich niemals durch den Strom auf die nahe Westinsel durchkämpfen konnte. Aber die tiefe Rinne, der die Ebbe folgte, kam auf der Ostseite dem Land noch einmal nahe, ehe sich die Wassermassen in der tödlichen Weite der offenen See verloren. Um die andere Insel dort zu errreichen, mußte der fast zwei Meilen breite Strom überquert werden, der mit großer Gewalt hinaustrieb. In der Dunkelheit konnte sich der Schwimmer nur auf sein Gefühl für die Richtung verlassen. Murman Kock war es gewohnt, sich ohne Hoffen oder Bangen ganz in dem zu sammeln, was zu tun war. So schwamm er, jede Woge ausnützend, unablässig in die Dämmerung hinein.

Aber es war eine Mühe ohne Aussicht. Allmählich schien das Wasser dick und schwer wie kaltflüssiges Blei zu werden. Es kamen sogar Pausen der Bewußtlosigkeit. Als Murman einmal plötzlich wieder ganz wach wurde, war es schon Nacht. Er rang sich halb erstickt aus Schlaf und Wasser empor. Über ihm hingen zwei große Sterne wie Lampen am dunklen Himmel. Unter seinem Körper fühlte er den Hund

sich zitternd abarbeiten. Das treue Tier hatte sich unter ihn geschoben. Die Kälte des Wassers schnürte den Mann wie Eisen in eine einzige Starre. Aber Murman Kock hielt immer noch die Planke fest. Er konnte nicht mehr schwimmen und mußte abwarten, was der Strom mit ihm vorhatte. Vielleicht war es schon spät, und die Flut trieb bereits wieder herein. Eins war sicher, Murman Kock gab nie etwas freiwillig auf.
Als er das nächste Mal zur Besinnung kam, war er allein. Er begriff es in seiner Dumpfheit nicht recht, aber es gelang ihm, sich auf die Planke zu schieben. Die Sterne waren jetzt zahlreicher, und die Dünung war schwächer. Ein Rauschen in der Luft konnte Wind sein oder das ferne Lärmen von seichtem Wasser an einem Ufer.
Schließlich trieb die Flut, die längst wieder eingesetzt hatte, Murman Kock auf Spoeksand an, einer Bank am Ostufer des großen Stromes, die später Schwanensand genannt wurde. Murman erkannte die gefährliche Stelle, an der zwei Stromrinnen zusammentrafen, als er in weiter Ferne westlich in der Dunkelheit ganz klein einen Brandschein auflohen sah. Der konnte nur vom letzten Kampf des Räuberschiffes herrühren. Murman schleppte sich weit auf den Sand, bis er in trockene, niedrige Dünenhügel geriet. Spoeksand war vom Lande aus so gut wie unerreichbar und galt bei den Schiffern als ein verrufener Platz, an dem man nur rasch vorbeizukommen trachtete. Hier war der Ausgestoßene also in Sicherheit.
Dabei dachte Murman Kock keinen Augenblick an eine Rückkehr, nachdem er nunmehr aus jedem Kreis der Menschen heraus im Leeren angekommen war. Er war nur müde. Er glaubte immer noch den Körper des treuen Zonder Faxen unter sich zu spüren und rief mit heiserer Stimme in die Dunkelheit hinaus. Aber Murman Kock war hier endgültig allein unter dem riesigen Sternenhimmel und zwischen den Mächten der Sande und der Strömungen. Er wühlte sich in den Sand, der ihm noch warm erschien, und schlief ein.

In dem unruhigen Schlummer der Erschöpfung glaubte der einsame Mann immer wieder den Körper des Hundes unter sich zu spüren, als ob dieser ihn trüge. Als er noch in der Dunkelheit, aber schon in der Morgenkälte, von einem schauerlichen, klagenden Heulen erwachte, merkte er an der Trockenheit in seinem Halse, daß er selbst so geheult hatte. Auch schüttelte ihn der Frost. Er fand sich ganz aus dem Sand herausgewühlt. Jetzt war auch der Sand bitter kalt. Es war gut, daß der Morgen bald danach graute.

Murman Kock war einer von den Männern, denen auch im unbegreiflichsten Mißgeschick nie zweifelhaft wird, was jedenfalls zunächst getan werden muß. Spoeksand war ein kleiner Dünenfleck zwischen Meilen von Strömen, Watten und Sanden. Es gab Schiffstrümmer dort, und ein Wasserloch ließ sich leicht graben. Die wunderbare Kunstfertigkeit der beweglichen Menschenhände schuf ihm bald aus Zeugfetzen Kleidung. Er verstand die Kunst, Feuer zu halten, das nicht rauchte. Die Muschelbänke und die Tiere des seichten Wassers nährten ihn; die Vögel gewöhnten sich an ihn.

Schlimm war nur die Unruhe der Seele in den Ruhestunden bei dieser Einsamkeit. Murman Kock erfuhr die ganze Schwere des Menschenloses, daß man dahingetragen leben muß und doch vor sich selbst nur so davon sprechen kann, als geschähe alles aus eigener Willkür.

Die dürftigen Pflanzen im Dünensande, die Murman pflegen konnte, waren ihm das einzige Nahe. Fremder blickten schon die Augen der Tiere auf ihn, der sich hier draußen ungehörige Gedanken zu machen verstand; ganz fremd und ungeheuer lag endlich die Welt der Sande und der Wasser um ihn, spannte sich meilenhoch der Himmel über ihm. Aber ob es geheuer war oder nicht, er mußte nun sein einzelnes Menschenleben zwischen den Mächten draußen aufrechterhalten. So verging ihm der erste Winter auf dem Sande. Die einfache

Mühsal des Lebens schuf ihm so viel zu tun und zu bedenken, daß ihn die Einsamkeit noch nicht überwältigte.
Nur die Träume in den windstillen Nächten waren schlimm für die Standhaftigkeit seines Herzens. Im Halbtraum hörte der einsame Mann dann aus der Dunkelheit über dem seichten Wasser den ertrunkenen Zonder Faxen heulen und wußte, daß er nur in diesem Augenblick noch die Macht hatte, das Wesen zurückzuschicken, das aus seinen eigenen Einsamkeiten wieder zu ihm strebte. Er mußte sich wehren; denn was tot war, das war gefährlich.
Aber meist war Murman Kock zu müde, und dann überkam ihn das wilde Träumen, in dem er sich ohne Wissen davon, was eigentlich geschah, von dem Wolfshund getragen fühlte und nach dem Erwachen merkte, daß er geheult hatte. Oft fand er sich dann morgens an entlegenen Stellen der großen Sandbank, als sei er im Schlafe weit umhergeirrt. Damals nahm der Einsame es auch noch ohne Nachdenken hin, daß er mit so wenig Nahrung auskam und in der Morgenfrühe oft mit heißem, gesättigtem Bauch erwachte, auch wenn er abends hungrig eingeschlafen war.
In diesem Winter wurden die Dörfer in der Nähe der Küste mehr als sonst von Wölfen heimgesucht. Besonders ein schwarzer Einzelgänger setzte die Menschen in Schrecken. Als eine Seltsamkeit des Tieres wurde berichtet, daß es sich allen Verfolgungen stets in die Schlickwüsten des östlichen Watts entzog, die sonst von Mensch und Tier gemieden wurden.
Als es wieder Frühling wurde, zogen die Leute bei Landwind nach ihrer Gewohnheit in großen Scharen auf vielen Booten nach den Sanden und unbewohnten Düneninseln hinaus, um Möweneier zu sammeln. Auf dem Spoeksand entdeckten sie zu ihrer Verwunderung Spuren davon, daß kürzlich ein Mensch dagewesen sein mußte. Sie fanden kleine Anpflanzungen und Fußspuren, die kreuz und quer liefen.

Sie zerstörten alles gründlich und mit Bedacht; denn ein fremder Mensch an dieser verrufenen Stelle mußte eine Gefahr sein, wenn es überhaupt ein Mensch war. Es gab ein großes Gerede, als sie bei ihrer Säuberungsarbeit auf eine kunstvolle Höhle stießen, die mit Wrackholz in der Düne eingerichtet und deren Falltür mit Sand zugedeckt war.

Als sie gegen Abend mit der steigenden Flut wieder abzogen, war Spoeksand aufs neue eine richtige Wüste, wie es sein sollte. Sie hatten nicht bemerkt, daß ihr Tun aus weiter Ferne über einen Priel her von zwei harten, hellen Augen beobachtet worden war. Murman Kock hatte sich dort in den Sand gegraben. Als er zurückkommen konnte, lagen auf seinem zerwühlten Platz bei allerlei Unrat nur noch ein paar Stangen und löcherige Körbe, die den Leuten zu schlecht zum Mitnehmen gewesen waren. Jeder einzelne Busch von Strandgras war sorgfältig ausgerissen und lag verkohlt in der Feuerstelle. Der Mann war von der Wut so überwältigt, daß er mehr die Besinnung verlor als daß er einschlief.

In dieser Nacht brach der schwarze Wolf, obwohl die Jahreszeit längst gewechselt hatte, noch einmal mit schrecklicher Wut in die Dörfer ein und konnte erst gegen Morgen von einem ganzen Aufgebot in den Schlick zurückgetrieben werden.

Murman Kock aber erwachte erschöpft und verstört weit im Osten von Spoeksand auf den Sandriffen. Und als er Blut an seinem Munde fand, begriff er endlich, daß seine Seele zwischen den Mächten der Einsamkeit hier draußen von der überaus anhänglichen Seele des Wolfshundes erreicht werden konnte, und daß er kein richtiger Mensch mehr war, wenn er Zonder Faxen nicht fern von sich halten konnte.

Murman Kock gehörte zu den Männern, die sich auch nicht von ihrer eigenen Meinung verstören lassen. Er richtete von den Stangen, die auf seinem Sandfleck zurückgeblieben waren, ein hohes Kreuz auf, so daß der Spuk, der aus der Dun-

kelheit über das seichte Wasser heulte, nicht auf den Dünenfleck herauf konnte. Es schreckte ihn nicht, daß sein Tun »Zonder Faxen« jetzt zur letzten Einsamkeit verurteilte. Ein Werwolf kann nicht mehr von selbst sterben. Murman Kock wünschte sich weder den Tod, noch fürchtete er ihn. Es war ihm nur unerträglich, sich auf dem tierischen Weg des treuen Zonder Faxen abseits ins Dunkle dahintragen zu lassen.

Den Schiffsleuten, die weit draußen auf dem großen Strom vorüberfuhren, wurde das Stangenkreuz auf dem verrufenen Sand bald eine willkommene Landmarke. Die Städter, die Fischer und die Seeräuber glaubten jeder vom andern, daß einer die Vernunft besessen hätte, hier ein Zeichen zu setzen, und so gab sich niemand die Mühe, der Sache nachzugehen. Den schwarzen Wolf aber hatte man im Sommer längst wieder vergessen.

Einmal im Spätherbst wurde ein Hamburger Schiff abends schon hinter den Inseln vom Wind im Stich gelassen und trieb in der Dunkelheit unvorsichtig mit der Flut den Strom hinauf. Da sah man gerade noch zur rechten Zeit auf Spoeksand ein Feuer aufgehen und konnte hart vor der Stromgabelung ankern. Der Schiffer wagte es, im Boot mit ein paar beherzten Leuten an die Bank heranzurudern. Sie sahen oben bei dem Feuer, das in der stillen Nachtluft unbeweglich wie von einem Zauberer hingemalt dastand, einen riesigen, halbnackten Menschen stehen. Als sie ihn mit beklommenen Stimmen anriefen, machte er einen langsamen Schritt auf sie zu, kehrte sich aber plötzlich um und verschwand in der Dunkelheit. Sie wagten nicht zu landen. Aber an der Küste sprach man nun wieder von dem Werwolf.

An dem Novembermorgen nach dieser Nacht aber, in der Murman Kock der letzten Versuchung widerstanden hatte, seinem Los zu entrinnen, fand er in der Verlassenheit seiner Sandbänke einen großen grauen Vogel an Land getrieben. Es war ein junger Singschwan, der krank war, aber noch klare Augen hatte. Die Schwäne sind wissende Vögel: vielleicht hatte dieser schon Kunde davon, daß sich im fernsten Norden der große Eistod für diesen Winter aufgemacht hatte; vielleicht auch waren die Mächte draußen verpflichtet, ein Leben weiter zu tragen, dessen Standhaftigkeit unerschütterlich war. Murman nahm das edle Tier mit Behutsamkeit zu sich und pflegte es mit vieler Freude. Der Schwan wurde bald zutraulich; nur an den windstillen Abenden schien er dem Mann gegenüber immer furchtsam oder mißtrauisch zu werden. Auch hielt er sich, sobald er zu Kräften gekommen war, stets auf dem Wasser auf, doch schaute er mit anderen Augen, als sie die Tiere sonst hatten, zu seinem Freund hinüber. Da es ein schlimmer Winter zu werden schien, sammelte Murman Vorräte für zwei, und als im Februar das Watt vereiste, hielt er mit dem klugen Schwan zusammen ein Wasserloch in einer Bucht im Westen frei.

Der Winter wurde immer härter. In den Nächten war das gespenstige Heulen, mit dem der Ostwind im Dunkel fauchte, immer um die Düneninsel her; dann lag der Schwan dicht vor Murmans Höhle in den Schnee gedrückt. Im März wurden auch die Tage feindlich. Der eisige Ostwind drang bei blauem Himmel und strahlender Sonne allen warmblütigen Wesen bis ins Mark.

Murman Kock wußte jetzt, daß der Schwan zu ihm gekommen war, um des Mannes unbeirrbares Leben in dieser Not von ihm zu übernehmen und beide Leben in einer Art, die ihnen gebührte, weiter zu tragen, ohne Dank und ohne ein Verstehen, das sich mit Worten sagen ließ. Als Schwan weiter zu fliegen, das hatte Murmans Standhaftigkeit gegen die dunkle, schreckliche Wolfstreue der Kreatur erreicht. So starb der Mann Murman Kock und lebte doch weiter.

Als das Watt dick vereist war und sich an allen Rändern, wo die Strömungen liefen, hohe Wälle von Schollen aufgetürmt hatten, kamen die Leute von der Küste nach dem Spoeksand, um dem Bewohner und dem Werwolf das gebührende Ende zu bereiten.

Die Welt hier draußen war eine unabsehbare Eiswüste, obwohl die Frühlingssonne schon warm schien. Ohne das Stangenkreuz, das noch schief aus dem Eis ragte, hätten die Leute die Stelle kaum gefunden. In seiner Nähe war noch ein Wasserloch offen, und dort lag, von den Tieren halb zerfressen, der tote Körper eines großen schwarzen Wolfshundes. Von dem Wasser aber hob sich bei der Annäherung der Leute mit klatschenden Flügelschlägen ein Schwan empor und entschwand nach der See hin.

Wegen dieser merkwürdigen Erscheinung wurde das kleine Dünenriff später Schwanensand genannt. Auch hat man dort an der Stelle des Stangenkreuzes, das sich als nützlich erwiesen hatte, durch einige Jahrzehnte ein festes Balkengerüst unterhalten. Wie aber eigentlich der Werwolf wider alle Natur dieser Unwesen von selbst hatte sterben können, das wußte man sich nicht zu erklären.

NACHWORT

»An der Nordsee erscheint mancherlei als möglich, gegen das sich in der Geborgenheit hinter den Deichen und Küstenländern die Vernunft sträuben müßte.«
Mit diesem Ausspruch hat Luserke die Rolle des Unheimlichen in seinen Erzählungen eigentlich schon umrissen. Er ist oft, auch schon zu Lebzeiten und ohne Wertungsabsicht, als »Spökenkieker« bezeichnet worden, doch dieses Etikett ist falsch.
Luserkes Küstengeschichten spielen im »Zwischenreich der Wattenküste«, in dem Niemandsland zwischen dem »Rand der bewohnbaren Welt« und dem Reich der Meerestiefe. Sie spielen dort, wo sich die Grenze zwischen dem rational Begreifbaren und dem Unerhörten mit jeder Tide verschiebt, wo sich der Mensch den Mächten ausgeliefert fühlt und wo jede Ausfahrt zum Abenteuer geraten kann.
In unserer heutigen Welt wird uns das Unheimliche des Elementaren im allgemeinen nur noch im Bereich der Atomphysik und der Genforschung bewußt, aber auch dort (außer in den Folgen) nur für wenige erlebbar. Das Wattenmeer aber befindet sich noch in einem Urzustand des ständigen Fließens, in dem es keine Geborgenheit gibt. Und wer es nicht nur gelegentlich auf Schlickwanderungen kennen lernt, sondern wie die Fischer mit seinen Gefährdungen leben muß, mit ziehenden Sanden und Grundseen, mit »Dodemannsplaten« und Nebelbänken, mit Prielen und wechselnden Strömungen, der erlebt die elementaren Mächte als reale Wirklichkeit, in der er sich bewähren muß.
Doch, so könnte man skeptisch fragen, rechtfertigt denn dieses Gefühl des Ausgesetztseins an die unheimlichen Naturgewalten schon deren Personifizierung? Werden diese anonymen Mächte nicht gleichsam zu persönlichen Feinden verteufelt? Wird das Erfahren des Spukhaften nicht zum Aberglauben?
Man muß hier wohl scheiden zwischen Erfahren und Darstellen. Gewiß: Wolkenformationen, Seegang und Strömungen lassen sich verbal beschreiben — in einem Bericht *über* das Erleben von unheimlicher Gefährdung. Will man aber diese begriffliche Ebene nicht gleichsam wie eine Projektonswand zwischen den Erzähler und den Aufnehmenden (Hörer oder Leser) stellen, sondern soll diesem das unmittelbare Erfahren durch dichterische Darstellung

nahegebracht werden, so stößt rein verbales Beschreiben schnell an die Grenze zur Abstraktion, an die Grenze, an der in Vorzeiten der Mythos entstand.
Mythos hat immer mit Personifizierung von Unsagbarem zu tun. Freilich mündete das Weitergeben von Mythos in späteren Zeiten im Aberglauben: in Zauber und Hexerei. Das Besondere der Erzählweise Luserkes ist aber nun gerade, daß er abergläubische Volksvorstellungen aufgreift und sie wieder Mythos werden läßt, also keinen künstlichen Mythos erfindet, der sich in phantastischen allegorischen Bildern erschöpfen würde.
Luserkes Gestalten sind im echten Sinne mythisch, und Luserke hat diesen Mythos auch selbst *gelebt*, seit ihm 1905 in der Bretagne bei den Menhiren (Steinsetzungen) von Carnac das Hintergründige zum erstenmal in mythischer Form begegnete. Er gelobte damals sich selbst Schweigen darüber, das er auch ein Leben lang bewahrt hat. Erst in seinen letzten Jahren öffnete er den Schleier des Schweigens einen Spalt breit. Aber es bedarf keiner Einblicke in das Private, wenn wir sein Wort bedenken:
»Über einen Teil des Weltvorgangs kann auch bei höchster Vernünftigkeit das Letzte nur in Mythen oder es kann eben nicht mehr ausgesagt werden.«

BIOGRAPHISCHE ÜBERSICHT

1880 wird Martin Luserke in Berlin geboren. Schon in Kinderjahren zog ihn, wie er sagt, das Meer magisch an, ohne daß er es kannte.
Er wäre gern Seemann geworden, doch die Eltern ließen ihn bei den Herrenhutern in Niesky zum Elementarlehrer ausbilden, und er unterrichtete anschließend am dortigen gymnasialen Pädagogium.

1904 wendet er sich vom Pietismus ab und studiert in Jena Mathematik und Philosophie (1905).

1905 lernt er auf einer mehrmonatigen Wanderung durch die Bretagne auf der Insel Molène die dort noch lebendige Volkserzählkunst kennen, die ihn so beeindruckt, daß er seine literarischen Manuskripte, die er im Rucksack trug, in den nächtlichen Ebbstrom wirft.

1906 geht er zu Hermann Lietz an das Landerziehungsheim Haubinda und schon im Herbst des gleichen Jahres mit Wyneken und Geheeb an deren neu gegründete Freie Schulgemeinde Wickersdorf.

1910 bis 1924 ist er — mit Ausnahme der Kriegsdienstzeit — Leiter dieser Reformschule und wird bald zu einer der bekanntesten Persönlichkeiten der Reformbewegung.

1925 eröffnet er seine eigene „Schule am Meer“ auf der Nordseeinsel Juist. Damit beginnt für ihn das Leben im Wattenmeer. Das aber wird noch intensiver, als er sich

1934 genötigt sieht, die Schule zu schließen.

1935 bis 1939 lebt er als freier Schriftsteller auf seiner holländischen Tjalk „Krake“ (ZK 14) und er-fährt die Nordseeküste und die Ostsee. Die großen Romane und viele Erzählungen entstehen in dieser Zeit auf dem Schiff, während fast alle früheren Geschichten als mündliche Erzählungen (Sage) entstanden waren und ihre literarische Form manchmal erst nach Jahren erhielten.

1939 geht er in Meldorf an Land und lebt dort bis zu seinem Tode. In dieser Zeit tritt neben dem Erzähler (auf eigenen Erzählabenden und in der Wehrmachtsbetreuung) sein dramatisches Schaffen mehr in den Vordergrund.

Damit hatte er schon 1912 in Wickersdorf begonnen. Er schuf in seiner eigenen Spielweise, dem Musikalischen Bewegungsspiel, das er zunächst Laienspiel nannte, gemeinsam mit den Spielern insgesamt über sechzig eigene abendfüllende Stücke und gilt heute als einer der Väter der Laien- und Schulspielbewegung.

1968 stirbt Luserke in Meldorf. Er liegt in Hage bei Norden/Ostfriesland begraben, neben seiner Frau, die schon in der Juister Zeit gestorben war.

Herbert Giffei

ANMERKUNGEN

DER KLEINE SCHÜHSS / DAS WRACK DES RAUBSCHIFFS

Die *Burg* des kleinen Hafenortes (Greetsiel) wurde 1457 (neben der bereits bestehenden älteren) erbaut von Ulrich I., dem ersten ostfriesischen Grafen; sie diente zu friderizianischer Zeit (ab 1755) als Zuchthaus und wurde 1778 abgebrochen.

Wilde Pferde. Schon Henricus Ubbius, der spätere ostfriesische Kanzler, erwähnt um 1530 in einer Beschreibung von Ostfriesland »eine wilde Pferderasse“ auf Juist, »die sich nur von den Kräutern oben an den höchsten Dünenkuppen unter freiestem Himmel nährt.“

Daraus entwickelte sich unter dem Grafen Enno III. (1599–1625) das größte ostfriesische Gestüt. Die Pferde blieben das ganze Jahr hindurch im Freien, die Jungtiere wurden im Herbst eingefangen und mit Schiffen u.a. nach Greetsiel gebracht. Das Gestüt auf Juist wurde 1628 aufgehoben.

Barthold Entes, eigentlich: *B.E. van Mentheda* (1539—1580), ein Edelmann aus Groningen, war ein bekannter Anführer der Wassergeusen.

Ludger van Dorp, Uko Fengo und *Murman Kock* sind erdachte Gestalten.

WORT- UND SACHERKLÄRUNGEN

Asasel Wüstendämon (3. Mose 16, 8f.)

aufschießen, das Tau a. ein Tau (Draht) ringförmig zusammenlegen

Back Decksaufbau auf dem Vorschiff, auch Raum unter diesem Aufbau, Kajüte

Bank Sandbank

belegen, eine Leine b. eine Leine (ohne Knoten) um einen Poller o.ä. schlingen, so daß sie sich nicht mehr lockern, aber doch jederzeit wieder gelöst werden kann

Bestmann Vollmatrose mit mehrjähriger Erfahrung

Bettschrank Alkoven, »Butze“

Bilsenkraut eine der ältesten Gift- und Zauberpflanzen, sie war ein Bestandteil der Hexensalben. Rauch von Bilsenkraut(samen) hat eine stark narkotische (schmerzstillende) Wirkung

Bollwerk Uferbefestigung im Hafen, früher aus Holz (heute meistens aus Stahl bzw. Stahlbeton)

Dööshammel Dummerjan, Träumer (ndd.)

Dollbord die oberste starke Planke eines Bootes (auf der zum Einlegen der Riemen entweder die Dollenpflöcke oder die Riemengabeln angebracht sind)

Dominee reformierter oder mennonitischer Prediger (alte Bezeichnung)

dreizöllig etwa 10 cm (1 Zoll = etwa 3 cm)

Drost Amts-, Schloßhauptmann (höherer Beamter)

(Fang)leine feste Leine (Trosse) vorn im Boot, zum Festmachen z.B. an einem Poller

Felleisen Ranzen, Reisesack (mittellat.: valisia, frz.: valise)

fieren eine Leine nachgeben, lockern

Friesjacke Jacke aus dickem flauschartigem Wollstoff

Fuß 1 Fuß = ca. 30 cm

Gaffel schräg nach oben stehende Haltespiere des trapezförmigen Gaffelsegels mit einem gabelförmigen inneren Ende am Mast

Gangspill aufrechtstehende Winde (zum Aufhieven des Ankers). Die Winde wird mit Handspaken gedreht, das Spill wird dabei auf einer mit Fußleisten versehenen, kreisrunden Laufplanke umlaufen

Hic cecidisti Hier bist du gestrauchelt

Jolle kleiner Küstensegler

Kabellänge 1/10 Seemeile = 185,2 m

Klafter, klafterhoch, -tief Klafter (in der Seemannssprache auch: Faden, Leine) ungefähr die Länge, die ein Erwachsener mit seitwärts ausgestreckten Armen greifen kann (altes Längen- und Raummaß, 1 Klafter = 6 Fuß = ca. 1,80 m)

Koppje Tasse, Täßchen (ndd.)

lüttje kleine, kleiner, kleines (ndd.)

luv dem Wind zugekehrt

mall verrückt (ndd.)

Marschenfieber Malaria, die »Dardedagskolle", war bis in die Gegenwart hinein eine Geißel der Marschenbevölkerung

Muschelschiffer (Torf)schiffer holten früher häufig als Rückfracht Muschelschalen (ndd.: Schill) von den Sandbänken (Platen) des Wattenmeeres zum Kalken ihrer kalkarmen Fehnländereien oder zum Verkauf an Holzhändler, die die Schill zu Muschelkalk brannten. Aber auch für die Insulaner war der »Schillfang« neben der Fischerei eine Haupteinnahmequelle

Navigare necesse est Seefahrt ist nötig

Niedergang Gang zu den unteren Decks, Kajüten

Ohm Oheim; Anrede oder Zusatz zum Vornamen für ältere oder angesehene Männer, z.B. Gerd-Ohm, Jan-Ohm

Piekfall Kette oder Leine, mit dem die Piek (obere hintere Ecke) des Gaffelsegels aufgezogen und niedergelassen wird

Poller(pfahl) starker, meist pilzförmiger Pfahl aus Holz, Eisen usw. zum Festmachen von Schiffen

Portorico Tabak (ursprüngl.: aus Portorico)

Prahm(kasten) kleines Boot mit flachem Boden und steilen Wänden

Pricke Buschbake, fest in den Boden gesteckte, bis zu 8 m lange, kleine Birken- oder Eichenbäumchen zur Markierung der Fahrrinne im Watt

Priel Rinne im Watt, die auch bei Ebbe noch Wasser führt

Quos ego ... »Euch werd ich« (Vergil, Aeneis I, 135)

Riemen Ruder (zum Fortbewegen von Ruderbooten)

Samtbarett an den Seiten versteifte, flache randlose Kopfbedeckung aus Samt

Satanas Submersus »Der versunkene Teufel«

Schanzkleid früher: Verkleidung der Reling mit Segeltuch
heute: feste Reling, Brustwehr aus Holzplanken oder Stahlplatten

Schlick feinkörniger Schlamm

schlippen (slippen) den Anker loslassen (engl.: to slip = gleiten, schlüpfen)

Schmierstiefel großer Stiefel, der nicht gewichst, sondern nur (mit Fett) geschmiert wird

Schollen an die Trockenleinen schaffen Fisch (vor allem Schollen) wurde an Leinen aufgereiht und an der Luft getrocknet; Trockenfisch war auf den Inseln und an der Küste fester Bestandteil der Winternahrung

Schot Kette, Tampen usw. die (der) das Segel nach hinten und unten festhält

Schüppe, schüppen Schaufel, schaufeln

Schute flachgehendes, meist ungedecktes Lastschiff

Schweinsfisch Tümmler, (Phocaena phocaena) Kleinwal, 2–3 m lang

Siel (kleine) Deichschleuse

Strohdocke Strohbündel

Tampen Stück Tau, Tauende

Tangbült Tangbüschel

Tide Steigen und Fallen des Wassers im Ablauf der Gezeiten (Ebbe und Flut)

Triebsand, auch: *Treibsand* Mahlsand, lockerer, meistens wässeriger, flüssiger Sand (auf Wassergrund und Festland)

verfangen ablösen (z.B. von einer Wache)

wriggen ein Boot mit einem Riemen am Heck fortbewegen (in Form einer liegenden Acht)

BIBLIOGRAPHISCHER NACHWEIS

Der kleine Schühß
Das Wrack des Raubschiffs
Die Fahrt nach Letztesand
Der Wolf auf Spoeksand
aus: Windvögel in der Nacht. Geschichten von der Wattenküste. Potsdam: Voggenreiter 1936
Das Dorf der Toten (oder: Wie die zwei tüchtigen Schiffsleute auf der »Nixe« gerade noch davonkamen)
aus: Reise zur Sage. Ein Seemannsgarn vom mündlichen Erzählen. Potsdam: Voggenreiter 1940
Unter dem Titel »Das Wrack des Raubschiffs« erschien bereits 1937 eine andere Auswahl von »Seegeschichten« des Autors.
Alle Texte sind vom Herausgeber durchgesehen und bearbeitet.

ISBN 3-7963-0265-3
2. unveränderte Auflage 1988 (Formatvergrößerung)

Herausgeber und Anmerkungen: Theo Schuster
Nachwort: Dr. Herbert Giffei
Einbandgrafik und Illustrationen: Heiko Jörn
Schrift: 10/12 Punkt Times
Gesamtherstellung: Hans Kock Buch- und Offsetdruck GmbH, Bielefeld
Printed in Germany

Im August 1965 erschien als erste Veröffentlichung unseres Verlages eine plattdeutsche Schallplatte von Wilhelmine Siefkes. In den nächsten Jahren folgten fast vierzig Sprechplatten deutscher Mundarten, von denen die meisten Titel auch heute noch lieferbar sind.

Inzwischen haben wir unser Programm systematisch erweitert durch die Herausgabe einer Reihe von hoch- und plattdeutschen Büchern norddeutscher Autoren, u.a. von Heinrich Diers, Krüschan Holschen, Rieks Janßen-Noort, Siegfried Kessemeier, W.A. Kreye, Hinrich Kruse, F.H. Schaefer, D.H. Schmidt, Greta Schoon, Johann Schoon, Wilhelmine Siefkes, Wolfgang Sieg, Berend de Vries, Gernot de Vries und Christof Wehking. Hoch- und plattdeutsche Werke älterer norddeutscher Schriftsteller, z.B. von Robert Dorr, Klaus Groth, Enno Hektor, Albrecht Janßen, Fritz Lottmann, Martin Luserke, F.H. Müller, Karl Theodor Piening, F.G. Sibeth und Marie Ulfers, wurden neu aufgelegt.

Weiter geben wir Nachdrucke älterer Ausgaben und neue Arbeiten zur norddeutschen Landes- und Volkskunde, Geschichte und Dialektologie sowie die Schriften des Instituts für niederdeutsche Sprache, Bremen, heraus.

Mehr als zweihundert Faksimiles ausgewählter Kupfer-, Stahl- und Holzstiche des 16.–19. Jahrhunderts, von Stadtansichten, Trachten, Land- und Seekarten und von kulturhistorischen und maritimen Darstellungen runden unser Programm ab.

Wir schicken Ihnen gern Verzeichnisse unserer Bücher und Schallplatten und unterrichten Sie von Zeit zu Zeit über unsere Arbeit.

VERLAG SCHUSTER D-2950 LEER